Für Philipp

periplaneta

MASCHENKA TOBE: „Wir waren die Kosmonauten“
2. Auflage, März 2018, Periplaneta Berlin, Edition Periplaneta

Inh. Marion Alexa Müller, Bornholmer Str. 81a, 10439 Berlin
www.periplaneta.com

Cover und Illustrationen: Wiktor Dubnow
Autorinnenbild: Philipp Frei
Projektassistenz: Anne Helm, Tabea Berger
Projektleitung, Satz & Layout: Thomas Manegold

Gedruckt und gebunden in Deutschland
Gedruckt auf FSC- und PEFC-zertifiziertem Werkdruckpapier

print ISBN: 978-3-95996-085-4
epub ISBN: 978-3-95996-086-1

Maschenka Tobe

WIR WAREN DIE KOSMONAUTEN

Roman

periplaneta

PROLOG

Ein Mann fällt vom Himmel

An einem frostigen Märzmorgen, die schwerfällige Frühjahrssonne ist gerade über den Horizont gekrochen, durchdringt ein kräftiger Schrei das Haus und versetzt die Familie, die darin lebt, in freudige Aufregung. Denn dieser Schrei ist der allererste Laut eines kleinen Bruders zweier Geschwister, der gerade in eine unscheinbare Bauernfamilie hineingeboren wurde. Der gerade in eine Welt hineingeboren wurde, die er schon bald ins Staunen versetzen wird. Doch das soll jetzt noch niemand ahnen.

Er soll einen bäuerlichen Beruf erlernen, so ist der Plan. Und weil das Kind einen Namen braucht, nennt man ihn ‚Bauer'. Natürlich nicht wirklich, so nennt man Kinder schließlich nicht. ‚Georg' ist das altgriechische Wort für Bauer. Doch auch Georg soll er nicht heißen, denn der kleine Junge wird in Kluschino geboren, einem winzigen russischen Dorf, das außer für die Geburt des Jungen für nichts weiter bekannt ist. Der Junge braucht also einen russischen Namen und Georg auf Russisch, das ist Juri. Juri also, ein kleiner Junge, der eines Tages der erste Mensch sein wird, der die Welt, in die er geboren wurde, verlässt – lebendig.

Denn Juri interessiert sich nicht für die Bedeutung seines Namens. Er wird kein Bauer, sondern Kosmonaut. Kurz nach seinem siebenundzwanzigsten Geburtstag gibt man Juri die seltene Chance, Geschichte zu schreiben.

Als erster Mensch darf er in den Weltraum fliegen. Er sieht die Sterne von nahem, schwebt weit über Ozeanen und Kontinenten und umrundet die Erde. Sein Herz springt aufgeregt in seinem Brustkorb umher, als er durch ein Bullauge den Blick nach draußen wagt. Er schwärmt von der Aussicht, die er genießt, in das Funkmikrofon und weiß um den unvermeidbaren Neid der Anderen. Auf den einmaligen Anblick der in flauschige Wolken gehüllten Erde, die aus so großer Ferne ganz friedlich aussieht. Er sieht das Schönste, das er jemals gesehen hat, ist freier, als ein Mensch es je war. Und doch muss er zur Erde zurück, muss die Schönheit der sternengespickten Unendlichkeit zurücklassen. Allerdings kehrt nur sein Körper zurück. Denn wer den Sternen einmal so nah war, der bleibt mit dem Herzen bei ihnen.

Nach ein paar technischen Komplikationen auf der Rückreise, von denen ich euch jetzt nichts Genaueres erzähle, weil ich nun mal keine Weltraumwissenschaftlerin bin, öffnet sich in der Erdatmosphäre die Raumkapsel. Juri wird hinausgeschleudert und segelt mit seinem Fallschirm, der sich wenig später öffnet, durch die Luft. Er erhält eine kleine Gnadenfrist, bevor er seine Füße wieder auf die kleine Erde setzen muss. Die Komplikationen führen dazu, dass er woanders landet, als man es zuvor berechnet hatte und so erwartet ihn kein frenetisch applaudierendes kosmonautisches Empfangskomitee.

Stattdessen landet er auf einem Feld nahe dem Dörflein Smelowka, wo eine Großmutter und ihre Enkelin ihn finden. Die beiden sammeln gerade Feldfrüchte für das Mittagessen, das sie kochen wollen, doch plötzlich fällt ein Mann vom Himmel. Die Großmutter staunt und versteht nicht, was hier vor sich geht. Ihr Leben lang hat sie auf diesem Feld gearbeitet, nach vorn geschaut, zur Seite geschaut und vor allem nach unten auf den Acker geschaut. Aber ihren Blick von der Erde abzuwenden, den Kopf in den Nacken zu legen und zu den Sternen zu schauen, das war ihr nie in den Sinn gekommen. Wo kam dieser Mann also her?

Die Enkelin hingegen springt wild lachend umher, umkreist den Mann in dem orange leuchtenden Skaphander. Seine Leuchtkraft ist so groß, als wäre er ein Stück Sonne, das beschlossen hat, in Menschengestalt zur Erde zu fallen. Sie fürchtet, sich zu verbrennen, sollte sie ihm zu nah kommen. Mit leuchtenden Augen besieht die Enkelin aufgeregt den Mann, schaut hoch zur Sonne, aus der er gerade gefallen ist, und wird ihr Leben lang nicht mehr verlernen, in den Himmel zu schauen.

Einiges an dieser Geschichte ist wahr, anderes vielleicht ist frei erfunden. Vielleicht. So ist es nun mal mit Geschichtenerzählern und ihrem Recht, ein Stückchen Wahrheit zu nehmen, umzuformen, auszuschmücken, ihm ein neues Antlitz zu verleihen und eine neue, andere Wahrheit daraus zu formen.

Und so macht es auch die Mutter, die ihrem Sohn und dessen Freundin die Geschichte vom Mann, der vom Himmel fällt, erzählt.

Sie erzählt sie gern, denn die Kinder sehen neugierig zu ihr auf, hängen an ihren Lippen und schenken ihr und ihren Worten ungeteilte Aufmerksamkeit. Sie sieht das begierige Glänzen in den Augen der beiden und spürt, dass die Geschichte ihren Zweck erfüllt. Diese beiden kleinen Kinder, sie werden in die Welt hinausgehen und sie werden in den Himmel schauen. Der Erdboden wird ihnen nicht genug sein. Sie werden sich nach den Sternen strecken und selbst wie Sonnen leuchten.

TEIL 1

1 Die Dämmerung

Umrisse lösen sich splitternd auf, Grenzen verschwimmen, Schwarz und Weiß verlieren ihre Eindeutigkeit und paaren sich zu einem breiigen, nichtssagenden Grau. Die bauschig gedrungene Watte der dunklen Wolken verliert ihre bisherige Form und macht sich sogleich in neuer Gestalt als tausende Wassertropfen auf den Weg zur weit entfernten Erde.

Ungestüm prasseln die Regentropfen auf ihn hernieder, während der noch warme Asphalt die Unterseite seines Körpers erhitzt. Selig liegt er da, auf der sommerwarmen Straße und schaut entspannt wie selten in den dunklen Regenhimmel. Ein hitziger Tag, der in diesem ungestümen Regenguss sein nasses Ende findet, hat seine Spuren hinterlassen.

Ganz vergessen hat er den Grund, warum er hier liegt und wie lange eigentlich schon. Es will ihm einfach nicht einfallen. Er weiß auch gar nicht, wie lange es schon regnet, aber all das spielt für ihn auch keine Rolle. Die dicken lauwarmen Tropfen treffen mit einem voluminösen Patschen auf seine gespannte Haut, deren Härchen sich in einer Mischung aus neugieriger Anspannung und Frösteln zu einer Gänsehaut aufstellen.

Die Tropfen perlen an seinem ungespannten Körper herab, hinterlassen kühle Spuren und bilden an Knotenpunkten Rinnsale, die seinen Körper umschreiben, wie Flüsse auf einer Landkarte das Land.

Er schaut in den dunklen Himmel, in dem kein Gott wohnt. Wässrige Kugeln fallen ihm wie abertausende Diamanten hastig entgegen. Glänzende Oberflächen ergießen sich über ihn wie die Funken von Wunderkerzen.

Auf Jupiter und Saturn regnet es Diamanten, wenn es gewittert, so sagt man zumindest, und nun ist das wohl auch hier auf der Erde der Fall. Und er ist der allererste Mensch, der dieses atemberaubende Naturschauspiel bezeugen darf.

Einzelne Tropfen treffen auf seine Augen und machen seinen Blick kurz verschwommen, als würde er weinen. Regen und Tränenflüssigkeit paaren sich zu dicken Kugeln, die ihm heiß die Schläfen herunter in das bereits nasse Haar rollen. Er liegt reglos da, besieht das Glitzern im Himmel und saugt die Schönheit in sich auf, ganz in der Hoffnung, sie niemals wieder vergessen zu müssen. Wie von Sinnen lacht er laut auf, während kreischende Sirenen sich ihm nähern und rotblaue Lichter sich in den spiegelglatten Oberflächen der herabfallenden Edelsteine brechen.

Dann legt sich die Dunkelheit über ihn. Wie eine schwere Bettdecke birgt sie ihn unter sich, schenkt ihm Wärme, wohlige Vertrautheit und das Wissen, dass alles wieder gut wird, wenn er am nächsten Morgen aufwacht.

Und während der Himmel Brillanten weint, kann er beinah den Stirnkuss seiner Mutter spüren, der ihn in Kindertagen Nacht um Nacht in das Land der Träume geschickt hat.

2 Ein großer Tag für die Kinderkosmonautik

„Wir waren die Kosmonauten. Wir waren zwei gegen den Rest der Welt. Die Welt aber, die war uns bei weitem nicht genug. Wir wollten mehr! Das ganze Sonnensystem und vielleicht auch noch den Rest. Wir waren wild und frei und so voller Energie, wie wir es niemals wieder sein würden.

Wir waren die Kosmonauten. Auf gemeinsamer Mission in unserem kleinen, selbstgebastelten Raumschiff waren wir auf dem Weg zu den Sternen.

Einen alten Karton, etwas Kleber und ein paar Wachsmaler, mehr brauchte es nicht für unser interstellares Gefährt. Zusammengehalten von kindlicher Fantasie brachte es uns, wohin wir wollten. Das Leben in diesem Sommer, das Leben mit einem Raumschiff in der Garage – es war so unbeschwert!

In diesem Sommer Anfang der Neunziger waren wir in emsiger Vorbereitung unserer ersten Mission und spürten bereits, dass wir schon sehr bald Raumfahrtgeschichte schreiben würden. Eine vierbeinige Metallkugel mit dem seltsamen Namen Sputnik, ein paar Tiere und unzählige Erwachsene waren bereits ins All geschickt worden, das hatte uns deine Mutter immer und immer wieder erzählt. Aber Kinder? Kinder waren unseres Wissens nach noch nicht außerhalb der Erdatmosphäre gewesen.

Mehrere Tage schlossen wir uns in meinem Zimmer ein, das *Nicht-stören!-Streng-geheime-Angelegenheit!*-Schild an der Tür tat seinen Dienst und hielt unerwünschten Besuch fern. Das Einzige, was uns heraustrieb, war die Rassel, deren aufgeregter Klang sich dreimal täglich im Treppenhaus ausbreitete und bei mir zu Hause bedeutete, dass das Essen auf dem Tisch stand.

Wir nahmen gleich mehrere Treppenstufen auf einmal und rasten ungestüm ins Esszimmer hinunter. Unsere kleinen Kinderhände streiften über das kalte Treppengeländer. Der Kühle, nicht der Sicherheit wegen.

Schier ohne zu atmen, schaufelten wir das Essen von den zwiebelgemusterten Tellern begierig in unsere Münder und fragten mit vorgeschobener Unterlippe, schief gelegtem Kopf und mutterherzerweichendem Hundeblick, ob wir ausnahmsweise schon aufstehen dürften. So viel Tatendrang widerstand niemand, nicht einmal meine, sich sonst so gewissenhaft an ihren Regeln klammernde, Mutter.

In unserem Geheimbüro werkelten wir mit buntem Bastelpapier und Filzstiften, mit Bastelscheren, Kleber und Glitzerstaub. Nach drei Tagen harter Arbeit waren wir fertig und die Einladungen für unseren offiziellen Raketenstart waren bereit, in den Briefkästen all unserer Freunde auf Kenntnisnahme zu warten. Und so machten wir uns auf den Weg, die Einladung zum Ereignis des Jahres in den Briefkästen der Straße zu verteilen.

Schneller als erwartet war der große Tag auch schon gekommen. Am 5. August 1993 um Punkt 12.00 Uhr war es soweit, so steht es in der Bildunterschrift unter der Aufnahme, die diesen historischen Moment ausgeblichen und unscharf dokumentiert.

Unsere Rakete stand zum Abflug bereit. Eingeladene Gäste und ungebetene Schaulustige, Zaungäste, aus der Nachbarschaft hatten sich versammelt, um zum Abschied zu winken. Ein paar missgünstige Pessimisten waren selbstverständlich auch unter ihnen. So wie dieser Janis. Erinnerst du dich an ihn? Er war schon ein paar Jahre älter als wir. Als wir in unserer Rakete saßen, brabbelte er, wir seien Idioten und jemand solle sich mal die Mühe machen, den Glitzerstaub aus uns heraus zu prügeln. Seine dümmlichen Drohungen gingen schnell im Applaus und den zugerufenen Glückwünschen all der anderen Zuschauer unter.

Deine Mutter, Unterstützerin der ersten Stunde, hatte uns Brote geschmiert.

‚Entdecken ist anstrengend und wer weiß, wie lange ihr unterwegs seid. Ihr werdet jedenfalls Proviant brauchen', floss ihre zuckersüße Stimme voll bedingungsloser Liebe durch die Küche, als sie dir das sorgsam geschnürte Futterpaket in die Hände legte.

Diese Erinnerungen sind allesamt so lebhaft, als wäre das alles erst gestern gewesen. Du hast die Brote genommen und in völliger Selbstverständlichkeit gegen den großen weißen Kühlschrank gepfeffert. Hast dich wutentbrannt umgedreht und bist weggestapft, ohne dich umzuschauen.

‚Sei nicht albern, Mama! Raumfahrer essen Raumfahrernahrung. Aus Tuben! Keine Brote! Das weiß ja wohl jedes Kind!', warfst du ihr beim Gehen entgegen.

Deine Mutter stand bloß da, im durch das Küchenfenster einfallenden Sonnenschein und sah dir nach. In dem öligen Licht wirkte sie wie in Bernstein gegossen, was auch ihre Reglosigkeit erklärte. Noch immer frage ich mich, was das in ihrem Blick war. Ich konnte es mir schon damals kaum erklären, aber es erinnerte mich irgendwie an Stolz.

Du jedenfalls hast dir keine Gedanken um deine Mutter gemacht. Stattdessen hast du im Badezimmer sämtliche Zahnpastatuben eingesackt, die du auftreiben konntest. Meine Hosentaschen waren zu dem Zeitpunkt bereits gefüllt mit Senftuben, Lachscremetuben, einer Tube Rot-Weiß, dieser ekligen Mischung aus Ketchup und Mayonnaise, und einer Tube Bastelkleber. Natürlich wusste jeder, dass Kosmonauten sich aus Tuben ernähren. Wie sollten wir schließlich noch koordiniert durch den Weltraum segeln, wenn Salatblätter, Käsescheiben und Brotkrümel auseinandergefallener Stullen durch die Schwerelosigkeit unserer Raumkapsel flogen?

Wir waren wilde Monster, ungestüme Vandalen, kleine Unruhestifter. Wir waren bereit, die Welt und alles, was sie umgab, zu erobern. Wir wollten alles, und zwar bedingungslos. Und noch niemand war gekommen und hatte uns erklärt, dass das nicht möglich sein würde.

In unserer rumpeligen Raumfahrtkiste waren nur wir zwei. Unsere vier kleinen Hände unlösbar am Lenkrad, starteten wir unsere Reise mit einem Countdown. Das machte man so, hatte uns Hollywood beigebracht.

Erst neulich habe ich übrigens gelernt, du wirst es nicht für möglich halten, dass der Raketenstart-Countdown eine dämliche Filmerfindung ist.

Erinnerst du dich an diesen Schwarzweiß-Streifen, den wir mal in diesem kleinen Off-Kino gesehen haben? Es hat in Strömen geregnet und wir haben Unterschlupf in diesem kleinen unscheinbaren Kino gefunden, wo ‚Die Frau im Mond' von Fritz Lang lief. Du erinnerst dich bestimmt an den Countdown vor dem Raketenstart. Den jedenfalls hat die amerikanische Raumfahrt übernommen, die Astronauten haben runter gezählt. Die Kosmonauten aber eben nicht. Waren wir etwa immer Astronauten, ohne es zu wissen? Oder waren wir die ersten Kosmonauten, die einen Countdown benutzt haben?

Das Lenkrad unserer Raumkapsel jedenfalls gehörte eigentlich zu dem Bobbycar von Anton, meinem Cousin, der dicke Kullertränen weinte, als du das Lenkrad zu demontieren anfingst.

‚Jetzt heul nicht, Anton. Dein Autochen ist ja nicht verloren! Ich brauche nur das Lenkrad, der Rest ist ja noch da', hattest du ihn halbherzig zu trösten versucht.

‚Aber Timo', stimmte er schniefend und kleinlaut an, ‚was bringt mir denn ein Auto ohne Lenkrad? Und die Hupe ist ja auch am Lenker dran. Ich kann nur geradeaus fahren und nicht einmal hupen, wenn mir jemand in die Quere kommt.'

Da hast du dich neben ihn gekniet und deine Hand auf seine Schulter gelegt.

‚Wir riskieren da draußen unser Leben! Wir sind Entdecker und Forscher und werden alles über den Sternenhimmel in Erfahrung bringen, was es in Erfahrung zu bringen gibt. Die Wissenschaft fordert immer Opfer', erklärtest du dem kleinen, verheulten

Anton mit ernster Miene, während eine dicke Rotzblase aus seinem linken Nasenloch quoll. Ich bin so randvoll mit Liebe, wenn ich daran zurückdenke. Du warst doch gerade mal acht Jahre alt. Wie lächerlich ernst wir uns schon damals genommen haben.

Auch mir hast du einige Male zu erklären begonnen, warum wir dieses Risiko auf uns nehmen würden. Immer hast du deine Erklärungen mittendrin abgebrochen. Mein fester Blick, mein Vertrauen, meine Überzeugung – es war völlig unnötig, mir irgendetwas vom Sinn und Zweck unserer Reise ins All zu erklären. Mein Blick und meine Standfestigkeit verrieten dir die Überflüssigkeit deiner Erklärungen. Du sahst es deutlich und fühltest ebenso. Dein Weg würde immer der meine sein. Du warst mein Fixstern und ich war deiner.

Ach, und kurz vor dem Start unserer Rakete kam mein Vater aufgeregt angerannt, in den Händen hielt er zwei ausrangierte Motorradhelme, die er aus den Untiefen des Kellers, aus seiner draufgängerischen Vergangenheit aus Leder und Asphalt, ausgegraben hatte. Unsere viel zu kleinen Köpfe verschwanden jeweils in einem der Helme, wir winkten aufgeregt, dankten all den Zuschauern für ihr Erscheinen und die Bezeugung dieses geschichtsträchtigen Augenblicks und schlossen dann unseren Raketenkarton. Unter Rütteln und Schütteln machten wir uns auf die Reise in einen Raum ohne Limit. Irgendwann löste sich unsere Raumkapsel von der Trägerrakete und das Gerüttel war vorüber. Wir segelten durch das All, das Nichts, die Leere.

Wir waren frei. Wir waren unendlich. Es gab keine Grenzen, wenn wir sie uns nicht selbst steckten. Wir waren doch bloß zwei Grundschulkinder – wie konnten wir uns unserer Grenzen und ihrem Verschwinden nur so bewusst sein?

Vielleicht war es die Euphorie, aber ich bin fest überzeugt, dass meine Fantasie nie wieder so lebhaft war, wie an diesem Tag. Wenn ich jetzt, so viele Jahre später daran zurückdenke, habe ich die Bilder des Weltraums noch immer so klar vor Augen, als hätte ich sie gerade erst gesehen. Noch immer spüre ich die Vibration unserer Trägerrakete beim Start, vermisse das galante Schweben, während wir Planeten umrundeten und noch immer höre ich deinen schweren Atem. Nie wieder habe ich so kaleidoskopisch bunt fantasiert, realer als die Wirklichkeit taggeträumt. Als wäre meine Welt immer enger geworden, je älter ich geworden bin.

Als wir endlich gelandet waren – was ein kniffliges Unterfangen war, immerhin hatten wir völlig vergessen, eine Bremse einzubauen – befand sich unsere Rakete am gleichen Ort, an dem sie auch gestartet war. Das war unglaublich praktisch. Denn alle Besucher der Startzeremonie waren noch oder wieder da und konnten uns, den Helden, den Pionieren der Kinderraumfahrt, den Kosmonauten, applaudieren.

Nach unserer Reise war ich eine Woche lang nicht in der Schule. Ich hatte hauptsächlich vor und ein bisschen während der Reise so viel Tubeninhalt gefuttert, dass ich mich kurz nach unserer Landung mehrfach übergeben hatte und meine Eltern es für besser hielten, mich ein paar Tage daheim zu behalten. Bestimmt hatten sie mich auch vermisst, wir waren immerhin ziemlich weit weg gewesen. Während dieser Woche zu Hause, ohne dich, habe ich dich so sehr vermisst, dass es wehgetan hat. Mein Kosmonaut. Wie ich dich damals schon geliebt habe. Als wärst du ein Stück von mir.

Du bist ein Stück von mir. Wenn du es vor unserer Weltraumreise noch nicht gewesen bist, dann waren es die hohe Temperatur und der Druck beim Wiedereintritt in die Atmosphäre, die uns für den Rest unseres Lebens zusammengeschweißt haben."

3 Der Streuner im Nebel

Ein klirrend kalter Herbstabend taucht die Stadt in kristallinen Nebel. Die Häuser sind klamm, die Fassaden feucht. Blattlose Äste strecken sich verzweifelt in den dunkelgrauen Himmel und die Vögel sitzen im Gorki Park. Die Krallen um knorrige Äste gelegt, ihre Köpfe unter die Flügel geklemmt, dicht aneinander geschmiegt. Der Herbst hat gerade erst begonnen und sie träumen schon jetzt vom nächsten Frühjahr und wärmenden Sonnenstrahlen.

Die Straßen sind leer und die Menschen längst zu Hause, aus Angst vor einer Lungenentzündung. Es wird Winter und aus der Moskwa scheint Dunst zu steigen.

Ein Mann drückt sich einer Schlange gleich um Häuserecken, aus Angst entdeckt oder gar erkannt und zu allem Überfluss später erinnert zu werden. Den Kragen seines Mantels schlägt er hoch, so dass die nasse Abendluft ihm nicht in die Kleider kriechen kann. Die wärmende Mütze zieht er sich tief ins Gesicht. Gegen die Kälte und gegen ungewollte Blicke.

Er führt etwas im Schilde und fürchtet, die Wölkchen, die er ausatmet, könnten ihn verraten. Könnten nach Geheimniskrämerei riechen und neugieriges Volk anlocken, dessen Stillschweigen er dann erpressen müsste.

In gespielter Arglosigkeit spaziert er am Fluss entlang und muss ein gekünstelt unschuldiges Pfeifen unterdrücken. Er war schon immer ein schlechter Schauspieler. Dem schlingernden Lauf der Mäander folgend beschließt er nach einer Weile, er ist mittlerweile durchgefroren und müde, es der Stadt gleichzutun und sich schlafen zu legen. Ein erfolgloser Tag soll sich dem Ende nähern und so bewegt er sich gen Norden. Er freut sich auf die heiße Dusche, die ihm die Kälte aus dem Körper waschen wird.

Er sehnt sich nach der Ruhe des weichen Bettes und will den Ausblick auf die Moskwa genießen, hinaus aus dem dreißigsten Stock des höchsten Hotels der Welt. Er blickt hinüber zu dem Hotel-Hochhaus, das man aus ganz Moskau zu sehen scheint. ‚Stalinistischer Klassizismus', denkt er. ‚Ein Blick in die Vergangenheit.'

Hinter dem Mann liegt ein ganz und gar erfolgloser Tag. Er hat einen Auftrag in dieser Stadt, für den ihm nicht mehr viel Zeit bleiben wird.

‚Vielleicht ist es doch noch zu früh, um sich faul in die Laken fallenzulassen', redet ihm ein letztes bisschen Motivation ein. ‚Sehr wahrscheinlich sogar ist die Abenddämmerung am besten geeignet, um die Aufgabe zu erledigen.'

Sein Zeitplan ist ein engmaschiges Netz und so beschließt der Mann, dass es noch nicht an der Zeit ist für Müßiggang und hochgelegte Beine und so biegt er ab in Richtung der Metrostation. Die Metro zu nehmen, um ins Stadtinnere zu gelangen, das kommt für ihn jedoch nicht in Frage. Die Vorstellung, sich in einem Tunnel gut fünfzig Meter unter der Erde zu befinden und mit einem Zug noch weiter in das Steinmassiv hinein zu fahren, löst in ihm seit er denken kann panische Beklemmungsgefühle und Atemnot aus.

Stattdessen flaniert er den menschenleeren Boulevard hinab und entfernt sich, dem diffusen Gefühl aufwallenden Tatendrangs folgend, von seinem Hotel, von seiner heißen Dusche und von dem watteweichen Bett. Unter seinem dicken Filzmantel knurrt und rumort es, sein Magen beschwert sich lautstark über die ausbleibende Nahrungsaufnahme. Aus seiner tiefen Manteltasche zieht der Mann raschelndes Papier, in das ihm der Metzger heute früh Brühwürste eingeschlagen hat, und beißt beherzt in eines der rosigen Fleischstücke.

Er fühlt sich verfolgt, als würden Blicke auf seinem Rücken lasten, die sich wie anklagende Zeigefinger stetig pickend in seine Muskeln bohren. ‚Blödsinn!', redet er sich ein. Schließlich hört er keine Schritte außer den eigenen und hat seit Stunden keinen Menschen mehr gesehen. Nur halb von der Irrationalität seines Verfolgungswahns überzeugt, beschleunigt er seinen Gang.

Das Metronom, das gleichmäßige Klacken seiner Absätze auf dem Gehweg ist zu schnell, er fühlt sich aus dem Takt geraten, wie eine tickende Bombe, die schneller und schneller wild pochend dem großen Knall entgegenfiebert.

Er erregt Aufsehen, das spürt er ganz deutlich. Das Geräusch, das sein auffallend flinker Gang verursacht, es dringt sicherlich an Ohrenpaare, die es besser nicht hören sollten, für die es nicht bestimmt ist. Es kann sich nur noch um Sekunden handeln, bis hinter den dunklen Fenstern die ersten Menschen aufwachen werden. Hinter den schwarzen Scheiben werden Lichter angehen, wie Augen einer erwachenden Bestie, die sich schlagartig öffnen. Man wird sich wundern über sein suspektes Verhalten. Über die Uhrzeit, die er sich dafür gewählt hat.

Die Aufregung droht ihn zu zerreißen, noch bevor ihn jemand entdeckt. Er spürt schon die ersten Risse in seiner Haut. Und so zählt er innerlich von zehn abwärts. Er hastet weiter – neun – nur noch – acht –, doch wenn er – sieben – bei der Null – sechs – angekommen ist – fünf –, dann wird er – vier – stehenbleiben – drei – und wird schlagartig – zwei – auf dem Absatz – eins – kehrtmachen, nimmt er sich vor. Null.

Manche Vorsätze sind zum Brechen da, doch dieser gehört nicht dazu. Er dreht sich auf dem Absatz um und schaut in ein Paar leuchtende Augen.

Diese beiden nussbraunen Knopfäuglein, fröhlich und naiv, fühlen sich von dem Blick des Mannes aufgefordert und kommen vorsichtig näher. In behutsamen Zickzacklinien setzt sich eine Pfote sacht vor die andere auf den eiskalten Gehweg des breiten Boulevards. Eine kleine weiße Hündin nähert sich dem Mann und sitzt schon bald zu seinen Füßen, wo die zutrauliche Streunerin verharrt und mit gespitzten Ohren nach der Wurst in der Hand des Mannes späht.

Der Mann will das Vieh treten oder lieber gleich in Stücke reißen. Vor Aufregung hört er sein eigenes Herz schlagen, das mit einer unglaublichen Leistung das Adrenalin durch seinen zitternden Körper jagt. Seine Anspannung verlangt ein motorisches Ventil. Im letzten Moment jedoch gewinnt die Vernunft des Mannes die Oberhand und er sinkt mit einem lauten Seufzen zu Boden. Er zupft an seinen zu engen Hosenbeinen und setzt sich in den Schneidersitz vor die Hündin. ‚Meine Nerven', denkt er und schiebt sich mit dem Handrücken den Schweiß, der nach Panik riecht, von der Stirn.

Er zupft ein Stück Fleisch für das gierige Augenpaar von der angebissenen Wurst in seiner linken Hand und hält es der dürren Streunerin hin. Zaghaft schnuppernd nähert sich der warme Atem des Tieres der Hand des Mannes. Der Mann sieht kleine helle Atemwölkchen, die aus den Nasenlöchern des Hundes quellen und der Duft fischigen Tieratems dringt hoch an seine Nase. Diese Hündin, sie ist noch jung, ist von kleiner und zarter Gestalt. Sie wirkt gesund und zutraulich, wiegt schätzungsweise weniger als sieben Kilo und hat weißes Fell, das in kurzen Löckchen borstig absteht. Genüsslich schmatzend verschlingt sie das Stück Wurst, leckt sich mit ihrer flinken kleinen Zunge das Mäulchen und rülpst ungeniert. Sie ist perfekt.

4 Papierfische und ein Zahn

„Ich war gestern Abend auf dem Dachboden. Unfassbar, was da oben im Staub der letzten Jahre beinah in Vergessenheit geraten ist. In meiner Bilderkiste habe ich ein Foto gefunden, von dem Tag, als wir uns kennenlernten. Darauf ist der Eingang unserer Grundschule zu sehen. In den Fenstern hängen Fische, ausgeschnitten aus buntem Bastelpapier. Über der Glastür prangt eine Girlande, Willkommen. Vor der Tür auf den Treppenstufen stehen wir. Wir alle, dreiundzwanzig aufgeregte winzig kleine Kinder, die noch nicht ahnen, dass der Schritt in dieses Gebäude der Schritt hinaus aus der Freiheit ist. Wir, die noch nicht ahnen, dass uns diese Freiheit niemand jemals zurückgeben wird. Die Klasse 1a, für den Anlass hochpoliert, in Reih und Glied.

All die anderen Kinder lächeln. Wahrscheinlich, weil jemand es uns vor dem Betätigen des Auslösers angeraten hat. Wir beide sind am linken Rand des Bildes und denken gar nicht daran, zu posieren. Dein nussbraunes Haar ist zerzaust und du trägst einen seltsamen dunkelgrauen Anzug. Dein Körper ist noch so winzig, aber der Anzug sieht schon zu klein aus. Ich kann mich nicht erinnern, dich jemals wieder in einem Anzug gesehen zu haben.

Dein Mund ist weit aufgerissen. Durch die Zahnlücke, die da ist, wo eigentlich dein linker Schneidezahn sein sollte, drückst du deine tiefrote Zungenspitze. Ich beäuge dich wie ein Kuriosum, wie eine domestizierte Bestie – fasziniert und abgeschreckt zugleich. Deinen Mund aufgerissen, die Nase krausgezogen und das linke Auge zusammengekniffen, siehst du aus wie ein brüllender Löwe. Roh, wild, ungezähmt. Auch ich schaue nicht in die Kamera, sondern in deine Richtung. Du bist ein großes Versprechen für mich. Ein Versprechen auf die große Freiheit, das Wildbleiben, das Nichtdomestizierenlassen.

An deiner Seite wird auch mich niemand zähmen können. Meine wilde Wuschelmähne wird von einer pinken Katzenhaarspange zurückgehalten und in meiner linken Hand halte ich etwas in die Kamera. Einen kleinen weißen Punkt, mehr erkennt man nicht. Es ist dein linker Schneidezahn.

Stolz stehe ich neben dir, in blauem Latzrock und grünem T-Shirt. Ich trage keine Lackschühchen und Rüschensöckchen, kein knitterfreies Kleidchen wie all die anderen zurechtgezupften Mädchen und habe auch kein kunstvoll geflochtenes Haar.

Ich erinnere mich, dass selbst der Latzrock ein Kompromiss war, der am Ende einer hitzigen Diskussion mit meiner Mutter stand. Meine Mutter wollte, dass ich ein Kleid trage, das sie extra für die Einschulung genäht hatte. Es war aus hellblauem Stoff mit winzigen weißen Blüten, die mich an die kleinen weißen Lego-Blumen erinnerten. Wie immer habe ich mich wie eine Katze über der Badewanne dagegen gewehrt, in ein Mädchenkleid gestopft zu werden. Ich wollte Latzhosen tragen, im Dreck spielen und breitbeinig im Schneidersitz herumsitzen, auch wenn sich das angeblich nicht gehörte für Mädchen. Auch gerade deswegen, weil es sich nicht schickte, wollte ich es. Der Latzrock war die natürliche Mitte zwischen meiner Mutter und mir und das Mädchenhafteste, was ich bereit war, ihr zuliebe zu tragen.

Es gibt noch ein anderes Foto, das allererste Bildmaterial, das uns beide beweist. Darauf sitzen wir alle in unserem Klassenraum, in dem wir die nächsten vier Jahre verbringen werden. Sorgfältig aufgereiht sitzen wir an den kleinen Holztischen. Rechts die großzügige Fensterfront, an der unsere Eltern stehen, links die aufgereihten Kinder. Ich kann mich erstaunlich gut an diese erste Unterrichtsstunde erinnern. Wir präsentierten gerade der durch die Reihen spazierenden Lehrerin unsere selbstgebastelten Namensschilder. Du hattest eine Rakete neben deinen Namen gemalt.

‚Heißt ‚Timofej' etwa Rakete?!?', habe ich dich damals verdutzt gefragt. Du schautest mich fragend an, spieltest mit der Zunge an deinem lockerem Schneidezahn und fragtest lispelnd, wie ich bloß darauf käme.

‚Na schau mal', sagte ich, ‚ich heiße Flora und habe eine Blume neben meinen Namen gemalt. Weil Flora ‚Blume' heißt. Verstehst du?'

‚Versteh ich. Timofej heißt aber nicht Rakete', lispeltest du hinüber.

‚Hm. Zeig mal deinen Wackelzahn', warf ich dir fordernd zu. Du warst wie eine kleine Schildkröte und ich wusste noch nicht, womit man dich aus deinem Häuschen locken kann. Ich hatte dich ja gerade erst wahrgenommen.

Stolz drehtest du dich zu mir, lehntest dich vor, nahmst den Zahn zwischen Zeige- und Mittelfinger und drehtest ihn um seine eigene Achse. Da baumelte er, am seidenen Faden. Aufgeregt pochte mein Herz von innen gegen meinen Brustkorb. Ich fragte dich, ob ich ihn anfassen darf. Bereitwillig strecktest du mir mit weit aufgerissenem Mund dein kleines Raubtiergebiss entgegen und ich drehte deinen Wackelzahn zwischen meinen Fingern.

‚Ohje!', flüsterte ich. Noch immer hielt ich den Zahn zwischen meinen kleinen Fingern, aber der Faden, der ihn mit dir verband, war gerissen. Traurig und schuldbewusst hielt ich ihn dir hin und hatte Angst, einen neu gewonnenen Freund gleich wieder zu verlieren. Aber du, in deiner angeborenen Altherren-Besonnenheit, sagtest bloß, ich könne ihn ruhig behalten.

Ich steckte mir deinen Schneidemilchzahn in die Tasche meines Latzes und wir stellten unsere Freundschaft nie in Frage, so scheint es mir. Alles passierte einfach, wie ein Fluss, der einfach fließt.

‚Wenn ich groß bin', schwärmtest du nun nahezu lispelfrei, ‚werde ich da drin sitzen', und streicheltest mit dem Zeigefinger die Rakete auf deinem Namensschild. Nie wollte ich etwas mehr, als dabei zu sein. Schulter an Schulter mit dir in der Rakete, mit deinem Schneidezahn in meiner Latztasche.

Aber jetzt bist du irgendwo, ohne mich. Und ich fühle meine Schuld daran, ich habe dich einfach nicht fest genug gehalten.

Weißt du, die Erinnerung ist eine Bestie. Vermeintlich unbedeutende Ecken und Kanten schleift sie ab, als täte es niemandem weh, sie zu vernachlässigen. Stattdessen setzt sie unwillkürlich Akzente an angeblich besonderen Punkten. An den schönsten, ohnehin schon schillernden Stellen. Während die Ecken und Kanten, die der Erinnerung Tiefe geben, irgendwo zu Staub zerfallen.

Neulich habe ich von Papierfischchen gelesen. Falls es einen Teufel gibt, dann hat er Papierfischchen erfunden. Kleine Insekten sind das, so ähnlich wie Silberfischchen. Aber Silberfischchen sind harmlos und fressen Zucker. Papierfischchen sind ihre diabolischen Neffen und ernähren sich von Papier. Sie verbreiten sich über Kartons, die hin und her geschickt werden und leben gemütlich in Dokumenten, wo sie zwanzig Jahre lang vor sich hin knabbern, bis sie vollgefressen, randvoll mit deinen Lieblingserinnerungen, krepieren.

Da sitzt du so herum, deine Hirnleistung lässt nach und die Erinnerungen fallen dir zu den Ohren hinaus. Und währenddessen leben Insekten in den Kisten auf deinem Dachboden und fressen dir alte Fotos und Briefe weg. Ist das nicht irgendwie tragisch?

Ich will, dass du bald wieder da bist und wir uns wieder gemeinsam erinnern können. Man hat mir gesagt, dass du vielleicht schneller zurückkommst, wenn ich dir Dinge erzähle. Ich habe Angst, dass ich Sachen vergesse, die ohne dich niemals wieder an die Oberfläche geschwemmt werden. Und wenn ich dann meine Erinnerung mit Fotos auffrischen will, dann finde ich nur Fragmente mit Bissspuren daran. Rüschensöckchen, Papierfische aus Tonpapier und eine Katzenhaarspange.

Ach, meinetwegen sollen sie das blöde Foto doch fressen. Deinen Schneidemilchzahn nämlich, den werden die Viecher ganz sicher nicht anrühren.“

5 Der Aufbruch

Ja, sie ist perfekt. Eine riesige Last fällt von ihm ab und er kann sein Glück kaum fassen, dieses wunderschöne Tier gefunden zu haben. Um ehrlich zu sein, so muss er sich eingestehen, war es vielmehr die Hündin mit ihrer feinen Nase, die ihn gefunden hat. Angelockt von dem verführerischen Duft der würzigen Wurst.

Der Magen des Mannes grummelt und brummt bestialisch, schreit seinen unbändigen Hunger wütend in die Welt. Doch nun ist Geduld gefragt, denn es gibt jetzt Wichtigeres, als den eigenen Hunger zu stillen.

Noch immer kann der Mann es kaum fassen, dass er so plötzlich eine passende Hündin gefunden hat. ‚Ich darf sie auf keinen Fall aus den Augen lassen. Ich kann nicht noch eine Hündin verlieren!', ermahnt sich der Mann.

Die Hündin schaut schüchtern hoch zu dem Mann. Ihr schief gelegter Kopf ist eine stumme Geste, eine Bitte nach mehr. Der Mann, versiert in der hündischen Körpersprache, hält der Hündin ein weiteres Wurststück entgegen. Ohne ein prüfendes Schnuppern lässt sie das Fleisch schmatzend in ihrem Maul verschwinden. Der Mann greift unterdessen in seine Manteltasche, in der sich auch das Wurstpaket befindet, und zieht eine lederne Leine samt Halsband hervor, die er lautlos neben sich legt. Das dunkle Leder ist frisch gefettet und ganz weich, die Metallverschlüsse glänzen ebenso makellos wie die Oberseite des Leders.

Die großen Augen der Hündin zwinkern ihn arglos an, begutachten die Leine und fixieren wieder die Finger des Mannes, die noch immer etwas von der Wurst halten. Der Mann kann den Blick der Hündin nicht deuten. Ist ihr die Leine egal? Weiß sie vielleicht gar nicht, um was für einen Gegenstand es sich handelt?

Der Mann hält ihr das letzte Stück der zerteilten Wurst hin und krault nach einer vorsichtigen Annäherung ihre Flanke, was die ausgehungerte Hündin wohlig schnaubend hinnimmt. Er spürt ihre harten Rippen durch das schmutzstarre Fell, wickelt sofort eine weitere Wurst aus dem knisternden Papier und legt ihr das Brühwürstchen vor die Schnauze. Der Mann lässt seine Hand über den Körper der Hündin gleiten, wobei er sämtliche Rippen, einzelne Wirbel und die harten Schaufeln des Beckenknochens spürt. Er hat Mitleid mit dem kleinen Tierchen und bedauert das Leben in der Kälte und den Verzicht, den das Tier so lange geübt haben musste. Er wird sie aufpäppeln, ihr nur die schmackhaftesten Würste füttern. So lange, bis sie endlich satt ist.

‚Verdammt!', schießt es dem Mann durch den Kopf. ‚So schnell kann es gehen. Ich habe nur einen klitzekleinen Moment nicht aufgepasst und schon ist es passiert!'

Das, was er unter allen Umständen vermeiden wollte, ist eingetreten. Das Tier hat sich in sein Herz geschlichen. Er weiß, was das bedeutet. Jetzt gibt es kein Zurück mehr. Er wollte bloß einen Job erledigen, aber jetzt, wo die Hündin in seinem Herzen ist, wird die Geschichte ein tragisches Ende nehmen.

Während die Hündin, aufgeregt und verzückt vom unerwarteten Überfluss, die Wurst verschlingt, legt er ihr das Halsband um den schmalen Nacken und schließt es eng genug, so dass es auf keinen Fall über ihr kleines Köpfchen rutschen kann, sollte sie sich wider Erwarten als allzu wehrhaft erweisen.

Die Hündin interessiert sich nicht für das Halsband oder den Mann, sie hat bloß Augen für die riesige rosa Wurst, die ihr zum ersten Mal seitdem sie denken kann, niemand streitig machen will.

Als sie das Fleisch restlos verputzt hat und wie zur Aufforderung halblaut in die stille Nacht rülpst, steht der Mann auf, klopft sich den Straßenstaub von Hose und Mantel und bewegt sich, die lederne Leine in der rechten Hand führend, zurück zum Hotel.

Die Hündin scheint nicht auf der Straße geboren zu sein. Sie läuft einem vorbildlichen Hundeschulenabsolventen gleich in Fußweite des Mannes, in kleinen Trippelschritten und mit stolz vorgereckter Brust.

Der Mann erinnert sich gar nicht so genau, ob Tiere in dem Hotel überhaupt erlaubt sind.

‚Pah, dieser dekadente Schuppen wird Hunde schon erlauben', denkt er. ‚Bei all den alten goldbehangenen Pelzkragendamen mit ihren kleinen Pudelchen und Spitzchen, die diese Stadt sonst überschwemmen, würden dem Hotel schlichtweg die Gäste ausgehen, wenn es keine Hunde erlaubt.'

Zur Not würde er sie über Nacht in seinem Wolga lassen, in der Hoffnung, dass sie die Sitze nicht zerrupft. Unsinn. Was für ein hanebüchener Gedanke! Er darf sie nicht aus den Augen lassen, nicht eine einzige Sekunde – so hatte doch die Misere erst begonnen.

Erst gestern hatte der Mann seine Hündin namens Weißchen, eine Hündin, die der ihm soeben Zugelaufenen zum Verwechseln ähnlich sah, auf die Fahrt vorbereitet. Diese Fahrt sollte der Höhepunkt eines arbeitsreichen Jahres werden. Der Mann hatte Weißchen zwölf Monate lang in dem Labor in der Nähe Moskaus, in einem unauffälligen Randbezirk, trainiert. Sie hatte etliche Stunden in der Zentrifuge verbracht, war an hohe Temperaturen und ruckartig wechselnde Beschleunigungen gewöhnt worden. Das alles war in Vorbereitung auf die große Aufgabe geschehen, die in der kasachischen Steppe auf Weißchen wartete. Und genau dorthin wollte der Mann gestern mit ihr aufbrechen.

Sein Laborassistent hatte die Reisetasche für das Tier gepackt. Der Mann hatte Weißchen an der Leine zum Auto geführt, hatte den Kofferraum geöffnet und die Reisetasche hineingelegt. Als er sich gebeugt hatte, um die nur kurz aus der Hand gelegte Leine wieder aufzuheben, war sie weg gewesen. Starr vor Schreck hatte er seinen Kopf in Zeitlupentempo gedreht, umhergeschaut und Weißchen in einiger Entfernung davonhuschen gesehen.

Sie war kurz stehengeblieben, auf der Mitte der Straße, hatte zum Mann zurückgeschaut und war in Windeseile um eine Häuserecke geflitzt.

Sie hatte eine Gelegenheit beim Schopfe gepackt, die er ihr gegeben hatte. Wenn sie es nicht gewusst hatte, so hatte sie zumindest erahnt, was mit ihr geschehen sollte. Dass sie die Flucht bevorzugt hatte, konnte er ihr daher nicht verübeln.

Diesmal, so schwört sich der Mann, wird er keine Fehler machen.

Am Hotel angekommen, nimmt der Mann einen letzten tiefen Atemzug der klirrend kalten Winterluft, die in seinen Lungen brennt, und öffnet die Tür zur Lobby. Die Hündin führt er unauffällig hinter sich her ein paar Schritte in die große Vorhalle hinein. Ein Schwall feuchter Hitze schlägt ihm ins Gesicht. Der schwere Dunst riecht nach säuerlichem Champagneratem und einer Mischung diverser Parfums. Eine riesige Party ist hier in vollem Gange. Die Luft pulsiert wie ein aufgeregter Herzschlag, der Raum ist erfüllt von schneller Musik, hysterischem Lachen und Gläserklirren. Sein Blick schweift über die vibrierende Menschenmasse, die keinerlei Notiz von ihm nimmt. Versunken in Gespräche, Flirtereien. Hier ein Kuss, da eine Hand, die sich forsch um eine fremde Taille legt. Tanzend, trinkend wiegt die Masse sich im Takt der rasanten Musik.

Er fühlt sich beobachtet, exponiert, auf dem Präsentierteller. Wie eine reißende Welle schlägt das Paradox seiner latenten Sozialphobie über seinem Kopf zusammen und begräbt ihn – er fühlt sich winzig, verschwindend klein und von allen Seiten begafft zugleich. Hört förmlich die Gedanken der Anderen. Was er hier will, fragen sie sich. Dass er nicht hierher passt, stellen sie fest. Dass er und sein stinkender Streuner das Weite suchen sollten, bevor jemand sich bemühen und sie hinauswerfen muss.

Er fühlt sich deplatziert und spürt, dass auch die Anderen darum wissen, dass er irgendwo anders, aber ganz gewiss nicht hier, hingehört.

Diese Menschen haben sich nichts zu Schulden kommen lassen, sind keine Betrüger, die im Begriff sind, der sowjetischen Raumfahrtbehörde einen Straßenhund unterzujubeln. ,Was für eine Unverschämtheit! Was fällt dem eigentlich ein?', hört der Mann die Partygäste lautstark denken.

Wahrscheinlich sind es nur seine Nerven, die ihm einmal mehr einen gewaltigen Streich spielen. Er steht unter Druck. Und dass er den selten gut verträgt, dessen ist er sich bewusst. Er fühlt Schweißperlen, die ihm den Rücken hinunter rinnen, bis sie vom feuchten Hosenbund aufgesogen werden. Er spürt jeden Herzschlag als deutliche Eruption im ganzen Körper, als würde die Erde beben.

Die Stimmen der Anderen klingen in seinen Ohren, erniedrigen ihn, aber ihre Gesichter sind breit lächelnd in Gespräche versunken, ihre Blicke ihm abgewandt. Die Hündin hockt hinter den Beinen des Mannes. Fest an das rechte Hosenbein des Mannes gepresst, späht sie vorsichtig in den Raum. Auch ihr ist unbehaglich angesichts der Fülle und des Lärms in der Empfangshalle.

„Was für ein Alptraum das alles ist!", seufzt der Mann halblaut und drückt sich zitternd durch die schwere Tür zurück nach draußen in die frische Luft. Er fühlt sich falsch in dieser Welt. In der falschen Welt. Er will die Stadt verlassen, auf der Stelle weit weg von all den Menschen, die ihn verhöhnen und verachten. Schnelle Schritte tragen ihn zu seinem Wolga, den er nicht weit vom Hotel am Straßenrand des breiten Prospekts geparkt hat. In dem frisch polierten schwarzen Lack erblickt er sein verzerrtes Spiegelbild, daneben spiegelt sich die weiße Hündin als hellgrauer runder Fleck. Er erkennt sich selbst ja kaum, alles ist so fremd hier. Zügig öffnet er die Beifahrertür und die Hündin springt mit einem leisen Grunzen auf die Sitzbank, wo sie aufgeregt schwänzelnd wartet.

Der Mann lässt seine Hand durch die kleinen weißen Löckchen der Hündin gleiten. Wie eine kleine Mähne sehen sie aus, sind borstig und fest, drahtig wie eine Wurzelbürste.

Die Hündin verengt zufrieden die Augen. Sie gähnt, schmatzt und beginnt, hingebungsvoll den Arm des Mannes abzulecken.

„Du darfst mich nicht liebgewinnen!“, sagt er und die Liebesbekundung des Tieres stoppt sogleich. Sie schaut ihn an, als würde sie auf einen Grund warten, weshalb sie ihn nicht mögen darf.

„Kannst du mich etwa verstehen?“, fragt er das ausharrende Tier, doch eine Antwort bleibt es ihm schuldig. Selbstverständlich antwortet sie nicht, sie ist ein Hund, ein Tier, ein Straßenköter. Und obwohl der Mann sich einredet, dass die Hündin ja bloß ein dummes Tier sei, fühlt er sich seltsam verstanden an der Seite dieses kleinen verlorenen Hundes, den er nun in die kasachische Steppe bringen muss.

6 Arschbombe und Asphalt

„Eine meiner liebsten Erinnerungen ist unser letzter Sommer in der Heimat und unser Auszug von zu Hause. Ein unendlich warmer Sommer, der aus Erdbeeren, dem Duft nach Heu und verschwindend kurzen Nächten voller Sternschnuppen bestand. Hier hatte alles begonnen. Wir. Die Kinderkosmonautik. In den Wäldern zwischen den Hügeln um unser Dorf lag unsere Kindheit verstreut wie buntes Konfetti. Man kannte uns und wir kannten alles und jeden. Wie elendig wir uns langweilten in dieser Vertrautheit. Vertrautheit ist wie ein konstant wehendes warmes Lüftchen. Streicht dir sanft um die Nase und wähnt dich in pupswarmer Sicherheit. Wir wollten kein sanftes Streichen. Wir wollten Eruptionen, Tornados, Raketenstarts. Und je näher der Abschied von der Heimat kam, desto näher kam eine schillernde Zukunft in der großstädtischen Freiheit.

Bevor unser Abschied näherrückte, hatte ich mir alles ganz anders vorgestellt. Ich hatte gedacht, wir würden unseren Sommer wie jeden anderen verbringen, würden am letzten Tag unsere Koffer packen und dann unsere überschaubaren Habseligkeiten zum Bahnhof rollen. Tatsächlich war der Sommer dann ganz anders als jeder andere gewesen. Sonniger, fruchtiger, intensiver.

Kurz vor dem Abschied flammte alles um uns herum auf. Meine strenge Mutter erdrückte mich etwas hilflos mit elterlicher Liebe, die ich mir bereitwillig gefallen ließ. Mein Vater stellte hamstergleich Kisten für uns zusammen, die wir mit in unsere erste eigene Wohnung nehmen sollten. Er wollte uns für den schlimmsten anzunehmenden Ernstfall gewappnet wissen. Die meisten Kisten sind mittlerweile Freunden und Bekannten in Werkzeugnot und unzähligen Umzügen zum Opfer gefallen, aber eine der Kisten habe ich noch immer.

Sie ist voller kleinerer Holzkästchen, die mit dem Lötkolben meines Vaters eingebrannte Aufschriften tragen. Muttern. Schrauben. Unterlegscheiben. Dübel. Dieser bizarre Auswuchs bedingungsloser Liebe hat uns für alles gewappnet. Theoretisch. Öffnen musste ich in all den Jahren keine einzige dieser Schachteln.

Dieser letzte Sommer war wie ein Korken, der unsere Erinnerungen an die Heimat abdichten sollte, in der Hoffnung, dass nie etwas heraus diffundieren würde. So viel davon ist verloren, aber das diffuse Gefühl von Sonne auf der Haut, Wiesenkräuterduft in der Nase und Obstkuchen aus dem Garten meiner Eltern ist so intensiv wie immer, wenn ich an Zuhause denke.

Am letzten Abend vor unserem Umzug, unserem heldenhaften Auszug, dem Beginn unserer Odyssee, hat dir deine Mutter ihren alten Saab geschenkt. Erinnerst du dich noch an den hübschen Saab? Sie hatte ihn sich kurz nach unserer Einschulung angeschafft. Ich weiß noch, wie stolz deine Mutter auf das Teil gewesen ist. Ich glaube, sie hat dich nur deshalb jeden Tag von der Schule abgeholt, weil es so täglich einen Grund gab, in das schönste Auto der Welt zu steigen. Und jeden Tag war ich unendlich neidisch auf deine Mutter und ihren anthrazitfarbenen Saab mit Fließheck.

Jetzt, wo du sie verlassen müsstest, so versicherte sie dir weinmundig, sei es für sie an der Zeit, das Auto und dich darin ziehen zu lassen. Tränen kullerten über ihr Gesicht und tropften vom Kinn herab in ihre Bluse. Ich habe deine Mutter nie so dramatisch gesehen wie an diesem Abend. Und obwohl meine Eltern sich bereits wochenlang seltsam aufgeführt hatten, wurde mir die Tragweite dieses letzten Tages erst bewusst, als deine angetrunkene Mutter das erste Mal vor mir weinte.

Nach der opulenten Abschieds-Grillparty im elterlichen Garten, die für uns alle mit vollen Bäuchen und ziemlich betrunken endete, gab es lange Umarmungen, vollgeschnaubte Taschentücher und wir verstauten schnell unser Gepäck auf der Rückbank deines neuen alten Autos und torkelten in unsere Betten.

Am Ende dieses Ausschlafens wartete eine Welt auf uns, die es nicht erwarten konnte, endlich von uns entdeckt zu werden. Sie schien nach uns zu rufen.

Außerdem wartete die große Ernüchterung am Ende dieser kurzen und unruhigen Nacht. Diese Welt war riesengroß! Die Dicke des Straßenatlas im Handschuhfach bewies das ganz eindeutig!

Und wir zwei kleinen, wir verschwindend winzigen Großkotze waren mittendrin! Wir zwei, die alles gewollt hatten, die ganze Welt, die Milchstraße, das Universum, standen eingeschüchtert da und das Leben lag vor uns – hämisch grinsend, weil uns vor scheinbarer Grenzenlosigkeit die Knie schlotterten.

Dieser Morgen fühlte sich an wie der Fünf-Meter-Turm im Freibad. Sommer um Sommer sind wir hinaufgekraxelt, haben uns in der Schlange frech vorgedrängelt und die Schwimmflügelkinder am Beckenrand mit einer Arschbombe nach der anderen zum Heulen gebracht. Doch irgendwann kam der erste Sommer, an dem mir mulmig wurde da oben. In meiner Magengegend kribbelte etwas und meine Knie wollten sich der Konsistenz von Pudding annähern.

Als ich dort oben stand und auf die Wasseroberfläche hinunter schaute, fühlten sich diese lumpigen fünf Meter wie eine tiefe Schlucht an, an deren oberem Ende mir heftiger Wind um die Nase blies. Ich konnte kaum glauben, dass ich Jahr um Jahr arglos in diese unermessliche Tiefe gesprungen war. Noch ein letztes Mal bin ich von dem Turm gesprungen.

Erwachsenwerden ist wie eine Krankheit, das wurde mir an diesem Tag klar. Eine Krankheit, die sich langsam anschleicht und mit Vorzügen lockt, bis du unvermittelt feststellst, dass all die propagierte Freiheit nichts ist im Vergleich zu den Ängsten und Sorgen, die dir bei jeder Gelegenheit die sich ihnen bietet, vom Nacken über die Schultern krabbeln und dich in den Boden pressen.

Kniegeschlotter hin oder her überwog unsere Neugier und so machten wir uns auf den Weg in eine andere Welt. Eine meiner

Tanten hatte uns eine Wohnung in Berlin angemietet, wo wir uns gerade an der Uni eingeschrieben hatten. Zwei Zimmer, knapp fünfzig Quadratmeter und möbliert, im Osten der Stadt. Der Osten, zu dem ich keinerlei Bezug hatte und der von da an meine zweite Heimat wurde und bis heute blieb. Und bald die Heimat des kleinen Menschen in meinem Bauch werden wird.

Wie Manische jagten wir die ersten Tage durch die Stadt, schleppten uns von Bar zu Bar und im Morgengrauen schließlich in die kleine unscheinbare Wohnung, die jetzt ganz plötzlich unser neues Zuhause war.

Allein in der ersten Nacht haben wir gefühlt mehr neue Menschen kennengelernt als in den achtzehn Jahren in unserem Heimatdorf.

Erinnerst du dich an Fipsi, diesen zottelhaarigen Barkeeper, der uns in einer unserer ersten Nächte nach Marzahn geschleppt hat? Wir waren die letzten Gäste in seiner piefigen kleinen Kneipe und er schenkte uns und sich unaufgefordert Wein aus einem Tetrapack nach, sobald unsere Gläser weniger als halbvoll waren. Irgendwann fragte er, was es mit dem Raketenanhänger an meiner Halskette auf sich habe und wir erzählten ihm von unserer Papprakete, von den Kosmonautengeschichten und der Sehnsucht, die im Sternenhimmel am besten aufgehoben ist.

‚Austrinken!', rief er in Befehlston. Ich zuckte zusammen und fragte mich, ob wir etwas Falsches gesagt hätten oder leichtgläubig einem Irren in die Fänge gelaufen waren. Du salutiertest brav, setztest das Glas an und kipptest den Rest deines billigen Rotweins herunter.

Ohne sich zu erklären, scheuchte Fipsi uns aus seinem Laden. Aus dem Inneren hörten wir das Schließgeräusch und ein paar Momente später kam Fipsi aus dem Hinterhof geflitzt.

‚Ich muss euch was zeigen! Kommt, kommt, kommt!', krakeelte er über die Straße und verfrachtete uns in eine Bahn, von der aus wir einige Male umstiegen und dann noch eine Weile liefen. Irgendwann, vielleicht eine Stunde später, kamen wir zu einer Kreuzung. Fipsi tanzte über die Straße und schrie ‚Na? Na? Was sagt ihr?‘, in die Nacht. Mit weit in den Himmel gereckten Armen kreiselte er über die Straße, bis ihm irgendwann schlecht wurde und er die Drehrichtung ändern musste, um sich nicht zu übergeben.

Es hat eine Ewigkeit gedauert, bis wir begriffen, dass wir mitten auf der Allee der Kosmonauten standen. Wir tanzten und lachten, rannten die Straße entlang und sangen, bis die ersten Lichter in den Neubaublöcken aufleuchteten und man uns androhte, die Polizei zu rufen.

‚Ihr wisst wohl nicht, mit wem ihr es zu tun habt? Wir sind die Kosmonauten! Ich bin quasi euer König!‘, schriest du den beleuchteten Fenstern großkotzig entgegen und von irgendwo brüllte jemand zurück, ‚Preußens letzter König hat 1918 abgedankt. Das hat ihm gut getan und das wird auch dir gut tun, du Vogel!‘

Irgendwann kam tatsächlich eine Streife die Straße hochgefahren und wir rannten, so schnell wir konnten in die Büsche zwischen den Hochhäusern, wo wir manisch lachend unsere Bäuche hielten und uns Mühe gaben, mucksmäuschenstill zu sein. Als wir die Streife außer Reichweite vermuteten, krochen wir aus dem stacheligen Versteck. Fipsi war wie vom Erdboden verschluckt. Noch lange streiften wir zwischen den Neubauten hindurch und riefen nach ihm. Die Anwohner warfen Drohgebärden und alte Konservenbüchsen von ihren Balkonen nach uns, während wir nach Fipsi rufend durch die Grünanlagen streiften. Fipsi aber fanden wir nicht wieder, er war wie vom Erdboden verschluckt.

Als wir am nächsten Tag in der Kneipe nach ihm sahen, wurde er knallrot und gestand verschämt, dass er ziemlich viel getrunken hatte und in einem der Büsche eingeschlafen war.

Was aus Fipsi wohl geworden ist? Ich hab ihn kurz nach seiner Hochzeit das letzte Mal gesehen, im Supermarkt. Völlig übermüdet, mit tiefen Augenringen und paketweise Windeln unter dem Arm.

Nun ja, Allee der Kosmonauten hin oder her – nach ein paar Wochen hattest du das erste Mal die Nase voll von der großen lauten dreckigen Stadt und wir sind an dem letzten Wochenende vor Semesterbeginn an die Ostsee gefahren. Der Oktober zeigte sich von seiner hässlichen, grau-depressiven Schmuddelwetterseite, als wir irgendwo hinter Rostock in einem der letzten Strandkörbe der Saison saßen, eingemummelt in eine Kuscheldecke gegen den Vorgeschmack auf den nahenden Winter. Und wie jedes Mal am Meer spielten wir unser Möwennamenspiel.

Für jede Möwe, die den Strand entlang kam und in unser Sichtfeld trippelte, mussten wir uns einen Namen und eine Lebensgeschichte ausdenken. Der eine gab den Namen, der andere musste die Geschichte liefern. Weißt du noch, wie gerne du den Möwen scheinadlige Namen mit einem ‚von' oder ‚zu' im Nachnamen gegeben hast? Ich hätte so gerne ein Buch mit den erfundenen Möwenlebensläufen, die wir uns über all die Jahre hinweg so ausgedacht haben. Das Einzige, woran ich mich erinnere, ist dieser bescheuerte Name, mit dem du immer wieder um die Ecke gekommen bist, Bodo von Beutelsbach. Ich hab keinen Schimmer, wie du darauf gekommen bist, aber jedes Mal, wenn wir am Meer waren, musste ich mir für mindestens einen Bodo von Beutelsbach eine Geschichte ausdenken. Natürlich waren all die Bodos verhinderte Menschenfreunde, denen nichts als ihre Sozialisation im Landadel und ihr unverschämt großes Erbe im Weg standen.

Ich hoffe, du kommst bald zurück und kannst mir erklären, was es mit diesem bescheuerten Namen auf sich hat. Ich würde einiges dafür geben, jetzt mit dir in einem Strandkorb sitzen zu können. Mit salziger Meerluft und wildem Gekreisch um uns herum würden wir uns für jede der aufgeregt am Strand umhertrippelnden Möwen einen Namen und eine Lebensgeschichte ausdenken und ihre Schicksale wie immer ganz und gar tragisch finden. Auch ein Bodo würde an uns vorbei spazieren. Wir würden uns ein Leben für ihn erfinden, uns vor ihm verneigen und später heimlich über ihn lachen. Danach würden wir uns in einem der Fischlokale den Bauch vollschlagen und anschließend in der Ferienwohnung eine Flasche Kräuterlikör leeren und über das Dasein als Ostseemöwe philosophieren. Würden. Konjunktiv. Du fehlst mir. Ich weiß nicht, was ich ohne dich tun würde. Konjunktiv. Komm zurück, ja? Egal, wie anstrengend es auch sein mag, komm zurück! Imperativ."

7 Die Begegnung

Die letzten Lichter der Stadt sind längst aus dem Rückspiegel verschwunden. Der Rahmen des Heckfensters zeigt nichts als undurchdringliches Schwarz. Tiefste Nacht liegt hinter ihnen, tiefste Nacht liegt auch vor ihnen. Es muss bewölkt sein, denn am Himmel leuchtet weder der Mond noch Sterne. In den Lichtkegeln der Scheinwerfer zieht die graue Straße dahin. Hier und da verirrt sich am Wegesrand ein knorriger Strauch in die Monotonie des schwach beleuchteten Asphalts. Der Mann hat keine Ahnung, wie lange er schon unterwegs ist. Er hat sein Zeitgefühl verloren und sehnt den Sonnenaufgang herbei. Im Autoradio dudelt Undefinierbares, das immer wieder von Knistern und Rauschen unterbrochen wird. Die Zeit schmilzt um ihn herum, er kann sich kaum daran erinnern jemals etwas anderes getan zu haben, als auf den dunklen Asphalt zu starren und geradeaus zu fahren. Diese Straße ohne Ende, ohne Anfang. Und darauf das Auto, nicht mehr als ein kleiner Lichtpunkt im Schwarz der endlosen Nacht.

Die weiße Hündin hat sich zufrieden zusammengerollt. Reglos liegt sie auf der rechten Seite der ledernen Sitzbank, die Vibration der Fahrt hat sie in den Schlaf gewiegt. Gleichmäßig hebt und senkt sich ihr kleiner Brustkorb mit einem sanften Schnaufen.

Auch der Mann spürt, wie sich die Müdigkeit heranschleicht. Wie feinporiger warmer Schaum kriecht sie ihm den Nacken hoch, gleitet über die Schädeldecke hinweg die Stirn hinab und will über die Augen fließen. Will ihm die Lider schließen und den Mann der Traumwelt überlassen.

Entschieden schüttelt er den Kopf, reißt die Augen auf und richtet sich aus der kauernden Position eines müde

Zusammengesunkenen auf. Er muss wach bleiben, hier bleiben. Die Hündin muss das Kosmodrom erreichen. Er hofft, dass sein Schwindel nicht auffliegt. Dass niemand merkt, dass die Hündin bloß eine Streunerin ist und nicht das Tier, das er ein knappes Jahr lang im Laboratorium trainiert hat, für den Einsatz als interstellares Versuchstier.

Erinnerungslücken quälen ihn. Er kann sich gar nicht so recht daran erinnern, wie Weißchen aussah. Weiß, natürlich. Und klein, denn alle Hunde, die ins All geschickt werden, sind recht klein.

‚Aber das ist ja auch alles egal', beschwichtigt sich der Mann. ‚Immerhin gibt es keine Fotos von Weißchen in ihrer der Akte, nur Beschreibungen. Die Körpermaße dürften stimmen, ungefähr.' Er spürt, dass sie richtig ist, das muss genügen.

Für einen Sekundenbruchteil zeichnet sich der Umriss einer Bergkette in einiger Entfernung ab. Ein Blitz erhellt das Areal. ‚Bald wird es regnen', denkt er in dem Moment, in dem mit einem lauten Ploppen der erste Regentropfen auf der Windschutzscheibe zerschellt. Ein plötzlich aufkommender Sturm treibt sandigen Staub und knorrige Ästchen in die Luft, die klackernd gegen den Wagen schlagen. Schwere Staubkörner tanzen in den Lichtkegeln der Scheinwerfer wie Fisch- oder Vogelschwärme, die sich durch Wasser oder Luft wälzen.

Die Intervalle, in denen Blitz und Donner sich abwechseln, werden immer kürzer, Gewitter und Wagen rollen einander entgegen. Der Mann beschleunigt, in der Hoffnung bald ein Dorf zu erreichen. Er braucht ein Bett oder einen Kaffee. Beides wäre gewiss zu viel verlangt. Er ist verloren in dieser Nacht, in dieser kargen Einöde, in diesem Unwetter. Und dennoch fühlt er sich seltsam wohl unter dem behaglichen Prasseln des Regens auf das Metall des Autodachs. Das Geräusch von Regen hat er schon als Kind geliebt.

Die Hündin streckt ihre kurzen Gliedmaßen von sich und reißt ihr Mäulchen weit auf. Mit einem pfeifenden Laut gähnt sie ausgiebig und setzt sich auf. Die Ohren aufgestellt und das

Köpfchen schief gelegt, beobachtet sie den Mann und das Treiben in den Lichtkegeln, die sich unbeirrt an die Fahrbahn krallen.

Wie benommen fährt der Mann durch die matschige Grassteppe. Ein Tagtraum, vielleicht auch ein Déjà-vu, scheint sich anzuschleichen. Er spürt einen pulsartig pochenden Druckschmerz hinter der Stirn, seine Augen brennen. Regen. Prasseln. Er hat etwas Wichtiges vergessen, so scheint es ihm. Er wühlt in seinen Gedanken, aber keiner lässt sich fassen. Sein Denken greift in haltlose Leere. Gedanke um Gedanke entpuppt sich als kurzer Faden ohne Zusammenhang. Es ist immer das Gleiche. Er versucht, den halbversteckten Gedanken zu fassen, und so entgleitet er ihm erst recht. ‚Regen, Regen. Da war etwas, oder nicht? Was war es nur?', wühlt er in den verworrenen Gedanken. Etwas wartet darauf, von seiner Erkenntnis ergriffen zu werden, das spürt er doch ganz deutlich. Er erinnert sich an das Gefühl des abkühlenden Sommerregens auf seiner vom Sonnenbrand gespannten Kinderhaut. Aber es gibt noch eine andere Erinnerung an den Regen, er weiß es beinah. So geht es ihm häufig in letzter Zeit. Ein diffuses Gefühl einer Erinnerung kriecht ihm durch den Schädel, doch wenn er dem Ganzen auf den Grund gehen will, ist es wie als Kind am Meer. Stundenlang watete er damals am Strand im knietiefen Wasser und sammelte von den Gezeiten rundgeschliffene Glasscherben, wunderschöne kleine Schätze, die aus einst vergessenen Glasflaschen achtloser Touristen entstanden waren. Und jedes Mal, wenn er eine der bunten Glaslinsen entdeckte und sich danach bückte, zielte seine Hand daran vorbei. Immer und immer wieder griff er daneben und ärgerte sich über seinen Kopf, der allem Anschein nach nicht in der Lage war, zu lernen und die Lichtbrechung unter Wasserbedingungen zu berücksichtigen.

Während der Mann in Gedanken an bunte Scherben versunken ist, dreht sich die Hündin gelangweilt zur Beifahrertür, rutscht ganz dicht an sie heran und schaut hinaus in die schwarze Nacht, die ab und an von einem sich in Richtung Boden fein verästelnden Blitz schlaglichtartig erhellt wird. Ihre kleine schwarze Nase drückt sie gegen das kühle Glas der Scheibe. Die ledrige Nase hinterlässt einen kleinen nassen Abdruck und ihr Atem formt einen undurchsichtigen Kreis dort, wo er in hektischer Regelmäßigkeit am Fenster beschlägt. Sie stellt sich auf, legt ihre Vorderpfoten auf die Kante zwischen Türverkleidung und Fenster und brummt erbost in das Dunkel. Der Mann lässt seinen Tagtraum ziehen wie einen Heliumballon und schaut überrascht zu dem Tier hinüber, das bedrohliche tiefe Brummgeräusche produziert. Er kennt sie noch nicht lange, die kleine weiße Hündin, aber aggressives Gebaren ist das Letzte, was er von einem so grazilen Wesen erwartet hatte.

„Was hast du nur?", fragt der Mann verunsichert und erschrickt mit einem lauten Schrei. Sein Reflex übernimmt die Kontrolle, tritt das Bremsspedal mit aller Kraft durch und bringt den Wagen in letzter Sekunde zum Stehen.

Ein spitzes Aufjaulen der Hündin erfüllt den Wagen. Der plötzliche Stillstand des Gefährts schleudert sie unsanft von dem glatten Leder der Sitzbank gegen das Armaturenbrett und schließlich hinunter in den krümeligen Fußraum, wo sie verschüchtert zwischen vertrocknetem Laub und kleinen Steinchen sitzenbleibt. Mit angelegten Ohren schaut sie hoch zu dem Mann und wartet auf eine Besänftigung, ein liebes Wort, eine Erkundigung nach Wunden und Schmerzen. Sie wartet vergeblich.

Der Blick des Mannes nämlich fixiert vier sandfarbene Beine und einen zotteligen dicken Bauch, von dem Wasser tropft. Er lehnt sich vor, um auch den Rest dessen zu sehen, was da vor dem Auto die Fahrbahn blockiert. Im Lichtschein direkt vor dem Wolga steht ein ausgewachsenes Trampeltier und senkt den Kopf, um zu schauen, wer denn da hinter der Windschutzscheibe im Wagen lungert. Unbeeindruckt schaut es den Mann an, blinzelt den Regen mit seinen geschwungenen, unfassbar langen Wimpern fort und kommt näher an die Scheibe heran. Es bewegt seine wulstige Unterlippe, als würde es versuchen, ein Wort zu formen. Dieses Trampeltier, wird es dem Mann nun etwa sagen, was das ist, das er vergessen hat? An das zu erinnern er sich die ganze Zeit über bemüht hat? Was sind das bloß alles für Gedanken, die wie fremde Schatten durch seinen Kopf huschten?

Die Mimik des Trampeltiers scheint eindrücklich, unter Anstrengung versucht es, ein Wort zu formen. Die Lippen und Zunge, um Koordination bemüht, schieben sich hin und her wie beim Kauen eines Kaugummis, bis das Tier schließlich lautlos ein Wort formt. Noch ein Wort. Vielleicht ein Drittes.

‚Ich kann nicht Lippen lesen', denkt der Mann. ‚Was soll der Blödsinn?'

Noch einmal setzt das Trampeltier an, artikuliert bemüht die Wortfolge und schaut erwartungsvoll mit seinen wulstig hochgezogenen Augenbrauen den aufs Äußerste verwunderten Mann an.

„Ich verstehe nicht!", ruft der Mann der Windschutzscheibe entgegen und kurbelt geistesgegenwärtig die Scheibe des Fahrerfensters herunter.

„Ich verstehe nicht!", ruft er dem Trampeltier noch einmal, nun hörbar, entgegen. Ein letztes Mal setzt das sandfarbene Tier an und jetzt, endlich, versteht der Mann die Worte, die ihm das Trampeltier mit seiner tiefen Stimme entgegen haucht.

„Es ist soweit", sagt es.

„Es ist soweit? Was ist so weit? Was soll das alles hier?", faucht der Mann, den Kopf zum Fahrerfenster hinausgestreckt, dem Trampeltier zu.

Ohne einen weiteren Laut von sich zu geben, wendet das Trampeltier seinen Blick ab und trottet auf der Fahrbahn voran. Gemächlich spaziert es auf der Straße, seine Hufe auf der nassen Straße klingen wie kraftvolle Schläge auf nackter Haut. Der Mann fährt dem Trampeltier wie hypnotisiert hinterher, in Schrittgeschwindigkeit, während die Hündin beleidigt zurück auf die Sitzbank klettert. Unbeachtet sucht sie eine halbwegs gemütliche Schonhaltung, ihre linke Schulter scheint vom Aufprall im Fußraum zu schmerzen. Sie interessiert sich nicht weiter für das Trampeltier. Ihren Kopf legt sie auf dem kalten Leder ab und schließt mit einem verächtlichen Schnauben die Augen. Dass sie nur so tut, als würde sie schlafen, bemerkt der Mann nicht, als er die Hündin mit einem halbherzigen Blick zur Seite bedenkt.

Das Gewitter ist mittlerweile verblasst, zieht weiter und nimmt auch den Regen mit sich. Der runde Bauch des Trampeltiers wiegt sich gemütlich von links nach rechts, während es mit seinen schier endlosen, dürren Beinen voranschreitet. Auch der kurze Schwanz wiegt sanft hin und her wie ein Metronom. Der Himmel, bemerkt der Mann, hat sein undurchdringliches Schwarz abgelegt. Eine grünliche Linie am Horizont kündigt den nahenden Sonnenaufgang an.

Das Trampeltier verlässt gleichgültig das Scheinwerferlicht und die Straße. Gemächlich trottet es in die Steppe davon, ohne dem Mann einen verabschiedenden Blick zuzuwerfen. Der Tag dämmert herauf und der Mann erkennt Häuser, schwarze Konturen, die sich gegen das Licht der aufgehenden Sonne abzeichnen.

Völlig erschöpft bremst er und bringt den Wagen mitten auf der Straße zum Stehen. Er kann es kaum glauben, sie haben es beinah geschafft. Die Hündin spürt die Aufregung des Mannes und beschließt nachsichtig, nicht länger beleidigt zu sein. Mit einem Satz springt sie ihm auf den Schoß und fordert ihre verdiente Streicheleinheit ein.

Der Mann erschrickt und zuckt ruckartig zusammen. Er hatte die Hündin und den Grund dieser Reise beinah schon vergessen. Erwacht aus der Hypnose des sich vor ihm wiegenden Trampeltierbauches, gleitet seine Hand durch das Fell der Hündin und sein Blick über die Konturen, die sich in der Ferne abzeichnen. Wenige Minuten trennen ihn und seine kleine Begleiterin von ihrem Ziel. Als schwarzer Schattenriss liegt das Kosmodrom vor ihnen und wartet auf ihre Ankunft. ‚Es ist so weit', denkt der Mann.

8 Koschka und die Hunde mit Helmen

„Ich musste heut früh an den Tag denken, als wir ins Tierheim gefahren sind und ich Koschka bekommen habe. Vielleicht, weil ich sie unbedingt wollte und als es dann so weit war und mein Traum Wirklichkeit werden sollte, hatte ich plötzlich unheimliche Angst. Als ich heut Morgen aus der Dusche gehüpft bin und meinen Bauch im Spiegel sah, ging es mir genauso. Wer auch immer darin wohnt, wächst mit jedem Tag, spürbar.

Der Tag an dem wir Koschka gefunden haben, es war Anfang September kurz nach meinem vierzehnten Geburtstag und meine Eltern befanden, ich sei endlich alt genug, um einen Hund zu bekommen. Die Schule hatte gerade wieder begonnen und das feierliche Aussuchen eines Hundes war Grund genug, ausnahmsweise mal die Schule zu schwänzen, versicherte mir meine Mutter. Ich ließ sie meinen Argwohn spüren, ohne ihn zu einem ernstzunehmenden Einwand wachsen zu lassen.

Manchmal tut mir das leid, wenn ich daran zurückdenke, wie gnadenlos ich als Kind mit meiner strengen Mutter war. Ich meine, was für eine Wahl hatte sie denn, mit einem Vater wie meinem? Einem Kind im Männerkörper. Der Platz des strengen Elternteils war die einzige Leerstelle in dieser Familie. Wahrscheinlich hatte sie sich nicht einmal ausgesucht, ausgerechnet in diese Lücke hineinzufallen. Und ich hab dennoch leidenschaftlich mein Bestes gegeben, ihr zu zeigen, was Kinder im Allgemeinen, und Wildfänge wie ich im Speziellen, von Strenge halten. Manchmal, wenn ich meine Eltern besuche, dann drücke ich meine Mutter beim Abschied umso fester, als könnte ich ihr nachträglich noch Liebe an Stellen drücken, die ich irgendwann mal mit Missfallen und Ablehnung gefüllt habe – weil sie mir Grenzen gesteckt hat, wo ohne sie keine gewesen wären.

Der Tierheimtag war einer der idyllischen Tage. Es gab keine Grenzen, keinen Groll, keine unterschwelligen Spannungen. Zumindest erinnere ich den Tag so. Wer weiß schon, wie verlässlich solch eine Erinnerung ist.

Wir alle waren erfüllt von der Vorfreude auf ein neues Familienmitglied. Zu viert saßen wir im Auto, du und ich auf der Rückbank, unsere Mütter vorn.

Die frisch geteerte Landstraße lag als makelloses, knitter- und schlaglochfreies Band zwischen Feldern und Waldstücken. Das graue Asphaltband krümmte sich hier, schwang sich da um einen See und die sanften Kurven wiegten uns wie selige Kleinkinder in einem Kinderwagen. Während wir die Landschaft durchstreiften und die Schatten der Bäume uns wie Stroboskoplicht die Sicht nahmen, krümelten wir die Rückbank mit Kekssplittern voll und drückten Strohhalme in Trinktüten. Gierig saugten wir den zuckrigen Saft in uns auf wie emsige Bienchen süßen Sommernektar. Das Auto füllte sich mit dem knatternden Schlurfen des Strohhalmstaubsaugers am Grund der Trinktüte. Wenn wir nicht gerade unsere Aufregung mit Trinktütenzuckerwasser anfachten, sangen wir im vierstimmigen Chor Kinderlieder. Über eine tanzende Wanze auf einer Mauer und einen Schneider, der sich aus einer Maus einen Geldbeutel näht.

Die Sonne beschien diesen milden Sommertag, der bereits den Herbst mit sich trug und der nach herben Gräsern duftende Wind flatterte zu den Fensterschlitzen herein. Ich konnte es kaum erwarten, den ersten Herbst mit dir und meinem Hund zu erleben, und das, obwohl ich Koschka noch gar nicht kennengelernt hatte. Meine Koschka, dieses bis ins Mark entspannte Tier. Ich glaube, von Koschka habe ich erst gelernt, wie man sich beruhigt. Als wäre ich die Jahre davor ein Geysir gewesen und sie hätte mir beigebracht, gemächlich zu fließen. Vielleicht wurde ich aber auch einfach ganz langsam erwachsen.

Irgendwann hielten wir an einem Rastplatz. Ich weiß nicht mehr, ob die Fahrt tatsächlich so lang war, ob einer von uns pinkeln musste oder ob unsere Mütter den Ausflug ins Unendliche dehnen wollten. Immerhin bedeutete er auch für sie einen Tag der Flucht von daheim, Flucht aus dem beruhigend durchschaubaren aber zuweilen eben auch langweiligen Gleichmaß des Alltags.

An der Raststätte setzten wir uns an eine dieser Konstruktionen aus zwei gegenüberliegenden verbundenen Holzbänken mit Mitteltisch und meine Mutter holte einen Korb aus dem Kofferraum. Dann tranken wir honiggesüßten Früchtetee aus der Thermoskanne, aßen Brote, und aufgeregte Vögel in dem Wald hinter uns zwitscherten eine geschäftige Hintergrundmusik.

Und deine Mutter erzählte die Geschichte der Hunde mit Helmen. Es war eine Geschichte, die durch die Generationen getragen wurde. Dein Großvater erzählte sie deiner Mutter, als sie ein kleines Mädchen war, so sagte sie. Deine Mutter erzählte sie uns. Gestern Abend habe ich sie zum ersten Mal meinem Bauch erzählt, um zu üben. Die Geschichten deiner Mutter liegen allesamt in einer Schublade, ganz nah bei meinem Herzen. Sie strahlen Wärme auf mein ganzes Wesen und trotzdem hatte ich ganz vergessen, dass sie da sind. Ein bisschen so, wie man vergisst, dass man atmet.

Ein Mann lebte einst in Moskau, so beginnt die Geschichte. Er war Metzger und hatte eine kleine Fleischerei an einer Straßenecke. Die Nachbarn schätzten ihn für sein ruhiges Temperament und kamen gerne zu ihm. Vielen war er ein treuer Freund, hatte stets ein offenes Ohr für Kunden und Bekannte und einen guten Ratschlag auf den Lippen. Doch nicht nur zu seinen Mitmenschen war er gut. In Moskau nämlich wimmelte es seinerzeit von Straßenhunden. Von armen Streuner, die von ihren Familien nicht länger gewollt und kurzerhand ausgesetzt worden waren und solchen, die in den dunklen Gassen gezeugt und geboren wurden und das unbeschwerte Dasein eines hofierten Haustieres niemals kennenlernen durften. Der gutmütige Metzger hatte Mitleid mit den zotteligen, mageren Straßenhunden und stellte ihnen abends Fleischabfälle und Knochen zum Abnagen in den Hinterhof. Er kannte jeden von ihnen, bemerkte schmunzelnd mit einem stummen Nicken Neuankömmlinge und erfreute sich an dem genüsslichen Geschmatze der verwahrlosten ungeliebten Vierbeiner, denen er allzu oft die einzige Mahlzeit des Tages bot. Oft saß er bei ihnen auf einer zur Sitzgelegenheit umgedrehten Kiste und aß sein Abendbrot gemeinsam mit ihnen, seinen vierbeinigen Kinderchen.

Eines Tages bemerkte er, dass einer seiner ansonsten allabendlich einkehrenden Essensgäste nicht erschienen war, und ahnte bereits das Schlimmste. Es versetzte dem Herz des Metzgers einen Stich, dass seine haarige Freundin – es war eine kleine ruhige Mischlingsdame, der er den Namen Zaika, also Häschen, gegeben hatte – wahrscheinlich ums Leben gekommen war. Vielleicht hatte eine unbarmherzige Lungenentzündung sich in das arme Tier hineingeschlichen, oder ein achtloses Auto hatte es erfasst.

In den kommenden Wochen verschwanden noch einige weitere Hunde und der Metzger wurde allmählich stutzig.

Konnte das ein Zufall sein? Hatte sich etwa eine Epidemie unter den Streunern dieser Stadt ausgebreitet oder hatte es jemand auf die harmlosen Straßentiere abgesehen? Fristeten sie etwa ein noch trostloseres Dasein, als das auf der Straße, hinter den Gittern eines Tierheims? Oder waren sie gar umgebracht worden? Der Metzger erinnerte sich an Gerüchte, die ihm einst in seinem Laden zu Ohren gekommen waren. Angeblich gab es Hundefänger, die Straßenhunde einfingen und sie einschläferten, um sich ihrer möglichst unkompliziert zu entledigen.

Eines dieser Tiere, die auf mysteriöse Weise in den Straßen Moskaus verlorengingen, war Zaika. Doch warum seine geliebte Hündin und all die anderen Hunde mit ihr verschwunden waren, das sollte der Metzger erst später erfahren, nämlich im

November des Jahres 1957, als er auf seinem täglichen Weg zur Arbeit wie immer den Besitzer des Kiosks neben der Fleischerei grüßte. Vergnügt klimperte er mit seinem Schlüsselbund, schaute in den wunderbar wolkenlosen Winterhimmel, dessen Blau durch keine einzige Wolke gestört wurde, und rief dem Mann hinter seinen Zeitungsstapeln einen Gruß zum Morgen hinüber.

Doch was war das? Konnte das wahr sein? Ungläubig dreinschauend bewegte sich der Metzger in Windeseile auf die Zeitungen zu. Tatsächlich! Es war seine Zaika, sein Häschen. Ihr Gesicht prangte auf der Titelseite, darüber eine wuchtige Schlagzeile. Doch sie hieß nicht mehr Zaika, man nannte sie jetzt Laika, Kläffer, und sie war offensichtlich über Nacht weltberühmt geworden. Denn sie war das erste Lebewesen im Weltall. Der Metzger kaufte die Zeitung, deren Titelseite ihm das arglose Herz brach, nicht. Mit traurig an ihm herabhängenden Schultern schlurfte er in seine Metzgerei, wo seine Kunden ihn wie ausgewechselt erlebten. Am Abend dieses schmerzhaft erkenntnisreichen Tages saß der Metzger nachdenklich am Küchenfenster seiner dunklen Küche über einer Tasse Tee und schaute hinaus in die sternenklare Nacht. Er dachte an Zaika, sein Häschen, und an all die anderen verschwundenen Hunde und sein Blick verlor sich zwischen den leuchtenden Punkten am Firmament.

Noch im Auto protestierten wir beide vehement gegen diese Geschichte. Unmöglich konnte das sein, dass irgendwo Menschen auf die Idee gekommen waren, Streuner einzusammeln, um sie ins All zu schießen. Aber was hatten wir denn all die Jahre geglaubt, wenn wir über Laika und all die anderen Kosmonautenhunde sprachen? Irgendwo mussten sie schließlich hergekommen sein.

Vielleicht war das der Tag, an dem die Fassade der heilen Welt für uns zu bröckeln begann. Der Tag, an dem sie Risse bekam und wir spürten, dass hinter diesen Rissen eine Welt auf uns wartete, die nicht den Regeln unseres bisherigen Lebens folgen würde.

Als wir aus dem Auto stiegen, hatte ich einen Knoten im Magen. Widerwillig folgte ich unseren Müttern und dir ins Tierheim, in der Hoffnung, den Hund, den ich und der mich aussuchen würde, würde niemals jemand stehlen und in eine Raumkapsel setzen und mit einer Rakete ins Weltall schießen.

Zum Glück hat Koschka mich sofort ausgesucht. Sie lag in dem gestutzten Gras der Hundewiese, in dieser seltsam verdrehten Schlafhaltung, die nur Hunde beherrschen. Auf dem Rücken liegend, die Beine ordinär auseinander gespreizt und der Oberkörper irgendwie in sich gedreht wie eine Kordel. Und in dem Moment, als ich die Wiese betrat und mich über ihre Positur wunderte, da riss sie die Augen auf und begann wild zu schwänzeln, ohne ihre Verrenkung zu lösen. Vorsichtig ging ich auf sie zu und kraulte ihren Bauch. Alles, was sie an Reaktion zeigte, war ein genüssliches Schnaufen, anschließend schlief sie einfach weiter.

Natürlich wollte ich Koschka. Koschka, die katzenhafte Hündin mit dem roten Fell, das entspannteste Lebewesen auf diesem Planeten. Und sie wollte mich. Ließ mich gewähren. Uns war sofort klar, dass sie die perfekte Wahl war. Niemals würden wir uns fürchten müssen, dass sie als Kosmonautenhund enden würde. Sie war riesig. Und viel zu haarig. Sie würde sich sofort in Messinstrumenten verheddern.

Niemand würde jemals auf die Idee kommen, ein riesiges langhaariges Katzenhundewesen in eine Raumkapsel zu stopfen. Außerdem war sie bereits in die Jahre gekommen und für ein Raumfahrtprogramm sicherlich zu alt.

Du, Koschka und ich – wir waren das neue Trio Infernal. Du und ich, die unbändig Neugierigen und Koschka, der gemütliche alte Katzenhund in der Mitte. In den fast vier Jahren, in denen sie unser stoischer Begleiter war, hat sie so viel miterlebt. Unsere erste heimliche Zigarette, all die bösen Worte über unsere Eltern ... weißt du noch, die Nacht am See? Als wir unseren ersten Joint geraucht haben? Koschka hat uns angestarrt, als hätten wir sie in einer anderen Welt zurückgelassen. Als hätten sich unsere Realitäten verschoben und sie wäre noch da, aber könnte uns plötzlich nicht mehr verstehen.

So wie du jetzt. Du bist hier, aber eben auch nicht. Hörst du mich, Timo? Wo treibst du dich bloß rum?"

9 Die Ankunft

Während die Sonne sich mühsam über den Horizont schiebt und die Steppe allmählich erhellt, bringt der Mann den schwarzen Wolga an einem breiten Fluss zum Stehen. Mit Frost überzogenes vertrocknetes Buschwerk glitzert in der aufgehenden Sonne, zusammengefallenes Laub und graubraune Grashalme knirschen dumpf unter den Schuhen des Mannes, als er sich zum Kofferraum begibt und ein Seifenstück aus der Waschtasche in seinem Gepäck hervorkramt. Während er die nach Kräutern duftende Seife in die würstchenlose linke Manteltasche gleiten lässt, öffnet er die Beifahrertür, um seine Beifahrerin zu einem Spaziergang auszuführen. Der Mann saugt die frische Morgenluft tief in seine Lunge, als er sich mit der munteren Hündin zum Flussufer begibt. Die lederne Leine, die die Hündin und den Mann verbindet, spannt sich immer wieder schlagartig, als die Hündin einen besonders beschnuppernswerten Laubhaufen oder eine verdörrte Pflanze entdeckt, die unbedingt bedächtig beknabbert oder markiert werden muss. Wild schwänzelnd springt, schleicht und schlawinert die Hündin durch die karge Landschaft. Der Mann gibt ihr eine Wurst aus dem nie enden wollenden Brühwurstvorrat in seiner rechten Manteltasche und spaziert einige Minuten mit der Hündin am Fluss entlang durch die frische Morgenluft, die noch ein bisschen nach Gewitter duftet.

Nach einigen Minuten des Flanierens, Schnupperns und Geschäfterledigens, führt der Mann die Hündin zum Fluss. Äußerst widerwillig lässt sich die Hündin mit dem eiskalten Wasser aus dem breiten Flusslauf bespritzen und anschließend mit ein wenig Seife einschäumen. Der herbe Kräuterduft der Seife liegt wie eine schwere Glocke über der Szenerie.

Gequält schaut die Hündin zu dem Mann auf. Die Ohren angelegt, schiebt sie ihre Augenbrauen zu einem bemitleidenswerten Ausdruck zusammen, den Schwanz zieht sie eng an ihren Körper.

„Es tut mir leid, wirklich! Aber so schmutzig kann ich dich nicht als Laborhund verkaufen. Falls dich jemand fragt, du bist eine Spezialistin in der Zentrifuge und hast auch Temperaturtests ganz wunderbar überstanden." Die Hündin versteht kein einziges Wort, freut sich jedoch, dass der stinkende Schaum endlich aus ihrem Fell gewaschen wird und als braun-schaumige Schlieren von der sanften Strömung des breiten Flusses davongetragen wird.

Als der Mann sich gerade aus der kauernden Position am Flussufer erhebt, rutscht das Köpfchen der Hündin aus dem Halsband, das nun träge an der Leine baumelt. Die Hündin besieht das Halsband, dreht sich um und schwimmt in das tiefe Wasser der Flussmitte, wo sie fröhlich plätschernd Bahnen zieht.

Dem Mann, der mit erstauntem Blick am Flussufer zurückbleibt, droht das Herz aus dem Brustkorb zu springen, so groß ist sein Schreck. Er kann es nicht fassen, tatsächlich so unfassbar dämlich zu sein, schon wieder eine Hündin entwischen zu lassen. Verzweifelt schaut er ihr zu, wie sie aufgeregte Kreise in dem kalten Wasser zieht und lautstark durch die Nase atmet.

Panisch durchwühlt der Mann seine Manteltaschen, die sich verzehnfacht zu haben scheinen. Immer wieder greift er ins Leere, bis er schließlich das Knisterpapier, in das die Würste eingewickelt sind, aufspürt. Zitternd packt er die Würste aus und wedelt damit in der Luft, ruft nach der kleinen Hündin in Urlaubsstimmung.

Die Hündin besieht das rosige Wedelwürstchen und schwimmt gemütlich paddelnd zum Ufer des Flusses zurück, wo sie sich das eisige Wasser aus dem Fell schüttelt, das nun schneeweiß glänzt. An dem Bein des Mannes stellt sie sich auf und schnuppert in Richtung der Wurst, die sie als wohlverdiente Belohnung ihrer kühnen Schwimmeinlage interpretiert.

Der Mann, vom Schreck noch von einer Schicht kaltem Angstschweiß überzogen, beruhigt sich langsam und muss beinah lachen über die Naivität der Hündin. Oder ist es Hunger?

Endlich zurück im Auto, quittiert der Mann den unfreiwilligen Waschgang wortlos mit einer weiteren Brühwurst, die er seiner frisch gewaschenen Beifahrerin zwischen die Vorderbeine legt, und dreht anschließend die Heizung auf die höchste Stufe, um das flauschige Lockenfell der zitternden Hündin schnellstmöglich zu trocken. Auch das Halsband legt er ihr wieder an, schließt es aber ein Loch enger als noch zuvor.

Den warmen Luftstrom und den gefüllten Magen kommentiert die Hündin mit einem wohligen Einrollen und einem langgezogenen Schnaufen. Zufrieden fährt der Mann los und hofft das Beste für sich und die Hündin.

Vor ihnen liegen nur noch wenige Minuten, bis sie schließlich das Kosmodrom-Gelände erreichen. Kein Schild weist darauf hin, dass sich hinter dem hohen Zaun um dieses Niemandsland in der kasachischen Steppe das streng geheime Testgelände befindet, auf dem die berühmte Laika und unzählige andere, weit weniger berühmte Hunde bereits ins All geschossen wurden. Das Testgelände, von dem auch die frisch gewaschene Hündin bald die Erde verlassen soll. Sie könnte ein Meilenstein der Kosmonautik werden, könnte die erste Hündin werden, die die Reise ins All lebendig übersteht. Könnte den Weg ebnen für den ersten Menschen im Weltraum.

„Du wirst eine unfreiwillige Heldin sein!“, versichert der Mann der eingerollten Hündin, die mit gespitzten Ohren aufhorcht. „Von nun an werde ich dich Weißchen nennen müssen. Du bist ihr Ersatz, aber das darf außer uns niemand wissen, hast du verstanden?“

Die Hündin rutscht zu dem Mann hinüber und legt ihren Kopf schwer auf seinem Oberschenkel ab. Der Mann ist hin- und hergerissen. So gerne will er die Zuneigung dieses kleinen naiven wunderschönen Tieres genießen, doch fühlt er sich wie ein

Betrüger. Süß lullt er das kleine Wesen mit Wurst, lieben Worten und Streicheleinheiten ein, um letztlich doch mit ihrem sehr wahrscheinlichen Tod seine eigene Feiglingshaut zu retten. Das schlechte Gewissen, das sich in ihm anbahnt, ist eine große Strafe für seine kleine Unachtsamkeit, befindet der Mann.

Für Gewissensfragen bleibt ihm nun ohnehin keine Zeit mehr, denn der Wagen erreicht bald das Eingangstor zum Gelände. Nervös fährt der Mann dem Tor in dem grobmaschigen Zaun entgegen, über dem in großen metallenen Lettern die beiden Wörter „Kosmodrom" und „Baikonur" prangen. Nicht nur steckt ihm die vergangene Nacht in den Knochen, auch hat er Angst. Angst davor, dass den Forscherkollegen auffallen wird, dass es sich bei der Hündin nicht um das vorbereitete Tier, das echte Weißchen, handelt.

Er hat weder eine Idee, was er sagen soll, wenn seine kühne Hochstapelei aufgedeckt wird, noch kann er sich ausmalen, was mit ihm passieren würde. Wahrscheinlich würde er seinen Job verlieren, das wäre wohl das Mindeste. Noch dazu weiß er aber über den Forschungsstand der sowjetischen Kosmonautik Bescheid, die an sich eine streng geheime Angelegenheit darstellt, und er könnte sensible Daten an die Amerikaner verkaufen. Es ist nicht so, dass er jemals mit dem Westen sympathisiert hätte, aber es sind seltsame Zeiten und in seltsamen Zeiten wird oft überschwänglich verdächtigt. Ja, wäre das etwa möglich? Könnte man ihn gar für einen amerikanischen Spitzel halten? Was hätte das für Konsequenzen? Würde man ihn etwa in ein Arbeitslager stecken, irgendwo in der sibirischen Tundra, wo er dann versauern oder sich zu Tode arbeiten würde? Oder war die Konsequenz doch ein einfacher und kompromissloser Kopfschuss?

An dem Eingangstor zum Kosmodromgelände angelangt, kurbelt er das Fahrerfenster bis zum Anschlag herunter und wünscht der Aufsicht in dem kleinen Wachhäuschen einen guten Morgen. Die Wache erhebt sich von einem knarzenden Holzstuhl, der aussieht, als wäre er einer Küche entwendet worden, öffnet die seitliche Tür des Wachhäuschens und begibt sich zum Fahrerfenster. Die Hündin springt dem Mann unterdessen aufgeregt auf den Schoß und hält ihre glänzende Nase schnuppernd in Richtung der Wache. Der Wächter wiederum brummt etwas Aufforderndes in seinen buschigen grauen Schnauzbart, der mit jeder Silbe auf und ab hüpft.

Der Mann greift die Hündin, befördert sie mit einer geübten Armbewegung auf die Rückbank und kramt ein Heftchen aus dem Handschuhfach hervor, das er der scheinbar morgenmuffligen Wache reicht. Der Schnauzbärtige verschwindet mit dem Heftchen in seinem Häuschen und kramt auf seinem Tisch herum. Was genau er da tut, kann der Mann nicht erkennen, nur weiß er, dass dieses Prozedere keineswegs der Gewohnheit entspricht. Er spürt eine Schweißperle, die sich kalt und schwer an seiner Schläfe in Richtung des Kinns voran tastet.

Der Mann spürt die Panik erneut in sich hochkochen und spielt mit dem Gedanken, den Rückwärtsgang einzulegen, um im Zweifelsfall schneller fliehen zu können. Sollte sein Schwindel auffliegen, wäre es sicherlich sinnvoll, möglichst schnell das Weite suchen zu können. Wie paralysiert fixiert er den kleinen Schalthebel neben dem Lenkrad. Über die Rundung des Rades schweift sein Blick auf das Gelände, das vor ihm liegt. Ein dunkler Punkt, den er lange fixiert, befindet sich auf der Windschutzscheibe. Plötzlich hebt der Punkt ab und brummt mit weit aufgespannten Flügeln davon. Ein Käfer sucht aufgeregt, mit den durchsichtigen Flügeln wedelnd, das Weite.

‚Flügel haben, das wäre jetzt was', denkt der Mann und starrt in die Ferne, in die auch der Käfer davongebraust ist.

Während er mit leerem Blick in die Ferne starrt, bemerkt er nicht, dass der Wächter bereits neben das Fahrerfenster zurückgekehrt ist.

„Alles in Ordnung mit Ihnen?", brummt der Wächter, der Schnauzer hüpft.

„Lange Nacht“, seufzt der Mann und nimmt erleichtert das Heftchen entgegen, das die Wache ihm durch das Fenster reicht.

Er will der Wache einen schönen Tag wünschen und gerade Gas geben, als er die sieben Worte hört, die seinen Körper schlagartig mit schmerzhafter Gänsehaut und einem kühlen Film aus Angstschweiß übersäen.

„Zeigen Sie doch mal den Köter her!“, raunt der Bärtige.

„Natürlich, einen Moment“, wimmert der Mann und verschwendet keinen Gedanken daran, dass dieser Wächter soeben seine Kompetenzen überschritten haben könnte.

Er dreht sich zur Hündin, die sich auf der Rückbank abgelegt hat und dümmlich grunzend auf den Zehen ihrer rechten Vorderpfote kaut. Schlagartig lässt sie von ihrer Pfote ab und hüpft freudig zurück in den Vorderraum des Wagens, als sie die nach ihr ausgestreckte Hand des Mannes entdeckt. Von seinem Schoß reicht der Mann die Hündin hinaus, dem Wächter entgegen. Dieser hebt sie mit beiden Händen hoch, dreht und wendet sie und scheint sie einer eingehenden Prüfung zu unterziehen. Die Hündin macht nicht den Eindruck, sonderlich Anstoß zu nehmen an der Prozedur, schwänzelt fröhlich auf dem Arm der Wache vor sich hin. Sie scheint die Aufmerksamkeit zu genießen, bemerkt der Mann wütend.

Der Mann sinkt unterdessen tiefer und tiefer in die Sitzbank, in der er am liebsten versinken würde. Tief in der Ritze zwischen Sitz und Rückenlehne, wo es wahrscheinlich nur Krümel und vielleicht ein paar Münzen gibt. Dort unten, tief in der Dunkelheit, bei dem zerbröselten Unrat, der ihm irgendwann einmal aus den Hosentaschen gekrümelt ist, würde er sich jetzt sehr viel wohler fühlen als im Zeugenstand der eingehenden Hunde-Inspektion des Wächters. So hatte er sich das Ende wirklich nicht vorgestellt. Er hatte es doch bis hierher geschafft. Alles hatte irgendwie seltsam gut geklappt, seitdem er das echte Weißchen verloren hatte. Der Hundefund in Moskau, die Reise hierher – und nun?

Der Wächter klemmt sich die Hündin unter den Arm und geht in sein Wachhäuschen. Was soll denn das bloß? Der Mann will insistieren. Wenn er schon aufgeflogen ist, so will er wenigstens die Hündin zurück, das ist ja wohl das Mindeste!

Entschlossen legt er den Rückwärtsgang ein, öffnet die Fahrertür und schreitet in großen Schritten auf das Häuschen zu, in dem der Wächter sich zurück auf seinen knarzenden Stuhl gesetzt hat. Auf seinem Schoß sitzt die zierliche weiße Hundedame, die sich genüsslich von der einen Hand des Wächters mit Leckerchen füttern lässt, während die andere Hand unlängst ihre Lieblingskraulstelle hinter dem linken Ohr gefunden zu haben scheint.

„Keine Angst, Sie können gleich weiterfahren", hüpft der buschige Schnauzer. „Wissen Sie, mein Hund ist letzten Monat gestorben, draußen in der Steppe. Er war schon alt. So alt. Er war schon fast blind und konnte kaum noch laufen. Jahrelang hat er mir bei der Arbeit Gesellschaft geleistet und nun hat er mich einfach allein gelassen. Mutterseelenallein. Sie sehen ja, hier ist niemand außer mir, weit und breit. Ihrer Kleinen scheinen seine Leckerchen zu schmecken, wollen Sie sie vielleicht mitnehmen?", fragt der Wächter, dessen Stimme mittlerweile den Tränen nah zittert. „Wäre doch schade drum, wenn sie hier verstauben."

Der Mann räuspert sich und kann sein Glück kaum glauben. „Ja, sehr gern."

Der hüpfende Schnauzer schwärmt weiter: „So ein hübsches Tier haben Sie da! Nicht zu glauben, dass Sie die Kleine allen Ernstes ins All schießen wollen! Wie heißt sie denn?"

„Weißchen. Sie heißt Weißchen", antwortet der Mann und zweifelt ebenso wie der Wächter daran, dass er die kleine Hundedame in eine Raumkapsel stecken und ins All aufbrechen lassen kann, ohne todunglücklich mit gebrochenem Herzen auf dem kleinen Erdball zurückzubleiben.

10 Stimmen vom Mond

„Je länger ich in dem alten Kram auf dem Dachboden herumwühle, desto mehr vergessen geglaubte Erinnerungen finde ich. Das ist ein seltsames Gefühl. Ständig finde ich längst vergessene Gegenstände und erinnere mich erst dann an die Geschichten, die all die Dinge einst einmottenswert gemacht haben. Ein einziger kleiner Impuls, ein Foto oder ein Kissen, ein alter Pullover vielleicht, reicht aus, um eine unvorhersehbare Erinnerungskettenreaktion auszulösen. Als würde man durch eine riesige alte Bibliothek stolpern und mal hier, mal da irgendeine Seite aufschlagen und ein bisschen lesen. Aber eben nur ein Bisschen, der große Kontext, der Bedeutungszusammenhang, fehlt irgendwie.

Ich frage mich, was wäre, wenn ich den ganzen alten Plunder nicht mehr hätte. Wenn es mir bei all den Umzügen leichter gefallen wäre, mich von Altem zu trennen. Wäre dann jetzt nichts mehr da, was meine Erinnerung zurückholen könnte? Wäre alles ausgelöscht? Weg für immer? Diese Gedanken machen mir wirklich eine Scheißangst! Weil sie alle auf die Lächerlichkeit unseres Daseins hinauslaufen. Tag für Tag schlendern wir durch den Alltag und nehmen alles als selbstverständlich gegeben hin, weil es ja nun mal schon immer da ist. Und niemand jemals auf die Idee käme, uns zu sagen, wie fragil das alles eigentlich ist.

Wie viele Nächte haben wir auf Wiesen gelegen und in den Sternenhimmel geschaut und uns den hellen Punkten am Firmament verwandt gefühlt. Haben uns ihnen gleich gefühlt, weil auch wir doch aus Sternenstaub bestehen. Haben geglaubt, auch wir könnten so sehr leuchten, dass keine Nacht mehr dunkel sein müsste.

Ich weiß nicht, woher wir all diesen ungestümen Optimismus einst nahmen, aber heute finde ich ihn nicht in mir.

Ich sehe dich hier vor mir liegen, spüre meine Erinnerungen zerbröseln und das schon jetzt, obwohl wir noch so viel Weg vor uns haben. Haben sollten. Wir sind vielleicht Sternenstaub, aber sicher keine Sterne. Wie viele der Lichtpunkte, die wir nachts sehen, sind gar keine Sterne mehr, sondern Explosionslicht, das noch immer zu uns strahlt. Noch immer sehen wir sie, obwohl sie längst tot sind. Der Himmel voller toter Sterne ... wie lächerlich! Und dich, uns, vergesse ich schon zu Lebzeiten. Und wer außer uns sollte sich denn an uns erinnern?

Deine Mutter hat mir neulich eine Kassette gegeben, die sie gefunden hat. Darauf ist ein Hörspiel, das wir mal geschrieben haben. Du ahnst ja nicht, wie albern unsere Stimmen sich anhören. Ich war schockiert, als ich es gehört habe. Ich habe mich an nichts davon erinnern können, und erkenne doch unsere Stimmen darauf. Du bist im Stimmbruch, wir müssen es also kurz vor der Jahrtausendwende aufgenommen haben. Koschkas aufgeregtes Bellen ist im Hintergrund auch leise zu hören.

Ich kann mich nicht erinnern, wie wir auf die Idee gekommen sind, wahrscheinlich wegen der Geschichte von den Raketenhunden.

Das Hörspiel handelt von zwei Kosmonauten, die zum Mond fliegen. Dort sollen sie unterschiedliche Messungen vornehmen und Gesteinsproben sammeln. Als sie ankommen, errichten sie ihre Forschungsstation aus Fertigbauteilen und düsen mit einem Mondfahrzeug durch die Gegend. Einige Tage geht das gut, bis sie plötzlich über komische Würste auf dem Boden stolpern. Allem Anschein nach ist der Mond übersät mit kleinen Kackhäufchen, was vorher nie jemandem aufgefallen zu sein scheint. Die beiden Kosmonauten verschweigen den Fund zunächst, um die Bodenstation nicht zu verunsichern und suchen nach den Lebewesen, die für die gekringelten Häufchen verantwortlich sind. Nachdem sie etliche Quadratkilometer der Mondoberfläche, Berge und Krater, akribisch abgesucht haben, entdecken sie eine Höhle.

Mit einer Taschenlampe funzeln sie vorsichtig in den tiefschwarzen Schlund und entdecken Atemberaubendes. Eine ganze Horde Hunde springt auf sie zu, schwänzelt aufgeregt und bellt freudig. Sie alle tragen kleine Raumanzüge und Sauerstoffflaschen mit sich. Wie es sich für ein verrücktes Märchen gehört, können die Hunde sprechen und erklären den Kosmonauten, dass die Älteren unter ihnen einst vom sowjetischen Raumfahrtprogramm ins All geschossen worden sind. Scheinbar hat sie niemand vermisst, jedenfalls haben sie sich auf dem Mond munter fortgepflanzt und die erste extraterrestrische Hundekolonie gegründet.

Unglaublich, oder? Dass ich mich an so einen wunderbaren Blödsinn nicht erinnern konnte und auch jetzt meine Probleme damit habe, einen Erinnerungsfetzen zu finden, der mir erklären könnte, wann und warum dieses Band entstanden ist.

Wir waren doch die Kosmonauten! Wir waren die glücklichen Kinder, denen abends vom Lachen die Bäuche brannten. Die mit starren Nacken in den Himmel schauten und nach Wundern und Abenteuern Ausschau hielten. Denen der Nachthimmel als geduldige Leinwand für die kühnsten Träume diente. Deren Fantasie Dinge wie dieses Hörspiel hervorbrachte. Wie konnten wir nur hier landen? Wo ist der Punkt, an dem alles zu entgleiten anfing? Hätte ich es aufhalten können? Bestimmt hätte ich das!

Wir sollten jetzt gemeinsam auf dem Mond sitzen und zur Erde herunterschauen, Diamanten auf dem Gasriesen Saturn sammeln oder den Mars besiedeln. Stattdessen sitze ich hier, vor dir, deinem reglosen Körper, der aussieht, als wäre er längst tot. Du siehst aus, als würdest du unendlich friedlich schlafen. Ich frage mich, ob du wohl träumst. Ob du mich hörst. Warum du so verdammt friedlich aussehen kannst, während ich das Gefühl habe, langsam in kleine Brösel zu zerfallen.

Wenn ich nachts im Bett liege, dann lese ich Erfahrungsberichte von Menschen, die aus dem Koma wieder aufgewacht sind. Manche erzählen von endlosen wunderschönen Träumen, andere haben den puren Horror erlebt und monatelang alles um sich herum gehört und Tage wie Nächte ausweglos in dem Gefängnis ihres reglosen Körpers verbracht. Ich hoffe so sehr, dass du etwas Schönes träumst. Oder gar nichts. Dass du einfach morgen früh aufwachst und nichts mitbekommen hast. Deine Mutter sagt, sie sei sehr optimistisch. Ich gebe mir wirklich sehr viel Mühe, auch optimistisch zu sein. Unsere Geschichte kann doch noch nicht zu Ende sein. Dir wird es bestimmt bald bessergehen und wir werden gemeinsam zuschauen, wie das ungeborene und noch namenlose Knäuel in meinem Bauch in unserer alten Papprakete sitzt, und werden die Geschichten erzählen von Juri und Laika und den beiden Kindern, die überall bekannt waren als *die Kosmonauten.*

Wie kannst du nur so daliegen? Ich würde deinen blassen Körper am liebsten nehmen und schütteln mit all meiner Kraft, um dich endlich aufzuwecken. Vielleicht ist das die Lösung? Dich wach schütteln? Dir einen Wecker stellen? Manchmal sind es doch die einfachsten Dinge. Und manchmal gibt es keine Lösung für ein Problem. Manchmal kann man einfach nur da sitzen, vor sich hin erzählen und hoffen. Es fällt mir wirklich schwer zu akzeptieren, so machtlos zu sein! Mich an einem Strohhalm festzuhalten, der aus Erinnerungen und mühsam zusammengetragenen Schätzen besteht. Was soll ich nur tun, wenn du nicht wieder aufwachst? Was soll dann sein? Meine Erinnerungen verblassen nach und nach, so wie die Fotos von uns. Werden weggewaschen wie unsere Fußabdrücke von der brausenden Gischt damals an der Ostsee."

Wie jeden Tag am Ende der Besuchszeit gibt Flora Timo keinen Stirnkuss zum Abschied, um die Schläuche, Kabel und Monitore um ihn herum nicht zu berühren. Sie fürchtet sich vor den kalten Geräten, die ihr bei jedem Besuch unmissverständlich klarmachen, dass Timo nicht die kleine wilde Bestie mit der Zahnlücke ist, nicht das Energiebündel, das noch nachts um drei mit ihr in den Wald gestapft ist, um in die Sterne zu schauen. Er ist nicht frei, wie er immer glaubte. Er ist abhängiger als er es je war, von Geräten und Pflegern und seinem Körper.

An der geöffneten Tür dreht Flora sich ein letztes Mal zu ihm um und schließt die Tür leise hinter sich. Als sie die Intensivstation verlässt, nickt sie dem Personal im Schwesternzimmer zu, hebt die Hand zu einem stummen Gruß und begibt sich schnurstracks zum Ausgang. Wie jeden Tag, wenn sie die Station verlässt, gibt sie sich Mühe, den Blick nicht von dem grauglänzenden Linoleumboden zu heben, um keine anderen Angehörigen sehen zu müssen, die mit geröteten Augen und Nasen, mit feuchten Taschentüchern und ungewaschenem Zauselhaar, mit schief geknöpften Hemden und auf links gedrehten Shirts vor den Türen stehen, hinter denen gerade geliebte Menschen im Sterben liegen. Menschen, mit denen sie doch so viele Pläne geschmiedet hatten.

Vor den frisch geputzten Schiebetüren des Krankenhauses erwartet sie der pralle Sommer. Die Vögel in dem kleinen Park, der das Krankenhaus einrahmt, zwitschern aufgeregt der Sonne entgegen, jagen sich gegenseitig durch den blauen Himmel und ahnen nichts von dem Treiben innerhalb der hellen Mauern, vor denen sich ihr Leben abspielt.

Wie mechanisch öffnet Flora ihr Fahrradschloss und radelt eine knappe Stunde nach Hause. Wie betäubt strampelt sie robotergleich durch den stockenden Feierabendverkehr, der die hysterische, schwitzende Sommerstadt lähmt und hofft, dass der Fahrtwind ihr endlich all die bedrückenden Bilder der letzten Tage aus dem Kopf weht, die sie so gern vergessen würde. Als sie zu Hause ankommt, leert sie in Gedanken versunken den Briefkasten und stellt das Rad im Hausflur ab. Mit zwei beherzten Tretbewegungen landen ihre Sandalen in der für Schuhe vorgesehenen Ecke unter der Treppe, die in den ersten Stock führt. In der Küche wirft Flora den Stapel aus Werbungsheften und Briefen auf den Küchentisch und findet im Kühlschrank nichts als eine Flasche Riesling, die ihr Vater vor Ewigkeiten aus einem Urlaub in der Pfalz mitgebracht hat. Beherzt greift sie die Flasche und nimmt sie mit zum Küchentisch.

Völlig aufgelöst starrt sie vor sich und genießt die angenehme Kühle der Flasche an ihrer Stirn, als sie Timos Namen auf dem Adressatenfeld eines der Briefe auf dem Poststapel entdeckt und beginnt zu weinen. Zum ersten Mal seit dem Unfall vor sechs Tagen kann sie endlich weinen. Als hätte jemand einen Stöpsel gezogen, brechen all die Traurigkeit und Angst sich endlich Bahn und verlassen ihren Körper. Flora fühlt sich befreit und müde und winzig klein. Winzig klein und allein auf diesem riesengroßen Planeten.

TEIL 2

1 Die Station

In Schrittgeschwindigkeit fährt der Mann auf das eingezäunte Gelände. Gegen das mulmige Gefühl in seiner Magengegend ankämpfend, versucht er, sich auf das Knistern der kleinen Steinchen unter den Autoreifen zu konzentrieren, das durch das rhythmische Knattern des Motors dringt. Es klingt wie Fahrradtouren in Kindertagen und ein bisschen wie das Regenprasseln gegen die Karosserie während des Gewitters in der letzten Nacht.

Vor ihm liegen zahlreiche graue Betonbauten, die sich in ihrer einförmigen Ausdruckslosigkeit gleichen. Versetzt stehen sie da, bilden unterschiedlich breite Schluchten, die in Häuserecken münden, hinter denen sich sonst was verbergen könnte. Eingeschüchtert schaut der Mann sich um, doch entdeckt er kein einziges Hinweisschild, das seiner Orientierungslosigkeit Abhilfe schaffen könnte. Die Hündin kringelt sich im warmen Luftstrom der Autoheizung zufrieden zusammen und denkt gar nicht daran, sich von der Anspannung des Mannes anstecken zu lassen. Mit gebogenem Rücken liegt sie da, an ihrer eigenen Schwanzspitze schnuppernd und erinnert den Mann an den Uroboros, die berühmte Schlange, die sich selbst in den Schwanz beißt. Anstatt es dem mythologischen Wesen gleichzutun, schnauft die Hündin ein letztes Mal laut auf und schläft zufrieden ein. Dass ihr nicht viel Zeit zum Schlafen bleiben wird, das ahnt sie nicht.

Unsicher steuert der Mann den Wagen auf einem breiten Pfad zwischen vierstöckigen Bauten hindurch, deren dunkle Fenster ihn anzustarren scheinen. Er fühlt sich unangenehm beobachtet und erblickt im Rückspiegel den Wächter, der das hohe Tor zuzieht, durch das der Mann vor wenigen Minuten auf das Gelände gefahren ist. Das Tor mutet solide an und wird jeglichen Fluchtversuch höhnisch auslachen, schätzt der Mann.

Auf der Beifahrerseite ertönt derweil ein leises Schnarchen. Der Mann spürt Wut in sich hochkochen. Es ärgert ihn maßlos, dass ihn Gewissensbisse quälen und Fluchtgedanken in ihm aufkeimen, während die kleine weiße Hündin ihm vollgefressen den Rücken zukehrt und schnarcht.

Der Mann fühlt sich furchtbar. Was hat er bloß getan? Was gibt ihm denn das Recht, über das Schicksal dieses unschuldigen kleinen Wesens zu entscheiden?

Und nun, hier zwischen den Betonbauten, umgeben von dem hohen Maschendrahtzaun, an dessen oberem Ende mit Klingen versehener aufgerollter Draht sein Entkommen verhindern soll, ist ihr Schicksal besiegelt. Das Leben des zufriedensten und zutraulichsten Wesens, das ihm jemals begegnet ist, hat er allein auf dem Gewissen. Nur, um sein eigenes Versagen zu vertuschen. Er hätte das nicht tun dürfen. Hätte die perfekte kleine Hündin in den Straßen Moskaus lassen sollen, wo sie den wohl größten Fehler ihres Lebens begangen hat und ihm zugelaufen ist. Er hätte auch zur späten Einsicht gelangen und sie irgendwo auf dem Weg hierher aussetzen können, sie hätte sich schon durchgeboxt. Aber durch das Tor zu fahren und sich jetzt, wo es zu spät ist, mit Fluchtfantasien zu quälen, das ist einfach nur unsagbar dämlich, befindet der Mann. Den Tränen nah schaut er wortlos zu der friedlich schlummernden Hündin hinüber. Es ist zu spät. Es ist wie so oft. Viel zu spät hat er realisiert, was er hier eigentlich tut.

Plötzlich entdeckt der Mann eine Soldatin, die vor einem Gebäudeeingang steht und ihm freudig lächelnd zuwinkt.

Mit ihrer olivgrünen Kleidung passt sie perfekt in das traurige Ensemble aus Sandbraun und Betongrau.

Schnell zupft der Mann die Wollmütze von seinem Kopf und versucht, sein niedergedrücktes Haar zurechtzulegen, während er mit einer Hand am Lenkrad auf die Soldatin in ihrem eng anliegenden Bleistiftrock zusteuert. Ihre locker herabhängende Bluse verschwindet oberhalb des Gürtels in der Strenge des engen Rockes. Unter der Bluse erkennt der Mann die ungehindert im Takt schwingenden Brüste, die ihn ebenso freudig zu begrüßen scheinen wie das Winken der Soldatin. Sie scheint liebevoll und warm und zieht den Mann geradezu magisch an. Wie eine Motte ins Licht fliegt, so rollt der Mann den Wagen wie benebelt auf die Soldatin zu.

„Ich habe schon auf Sie und Ihren mutigen Vierbeiner gewartet! Wie schön, dass Sie endlich da sind. Willkommen!“, trällert sie fröhlich, als der Mann das Fahrerfenster herunterkurbelt. „Sie können gleich dort vorne parken und dann zeige ich Ihnen Ihre Unterkunft! Ich habe alles für Sie hergerichtet, Sie werden sich ganz bestimmt wohlfühlen.“

„Alles klar, vielen Dank“, erwidert der Mann der aufgedrehten Frau. Er kurbelt das Fenster hoch und fährt den Wagen zu der Stelle, auf die die Soldatin soeben gewiesen hat. Im Rückspiegel besieht er sein angestrengtes Gesicht. Schwere Schatten hängen unter seinen müden Augen, seine Haut ist blass und trocken. „Du schaffst das!“, redet er seinem Spiegelbild gut zu und steigt aus. Aus dem Kofferraum nimmt er die Reisetasche und an der Beifahrertür holt er die weiße Hündin ab. Sie ist mittlerweile so tief eingeschlafen, dass sie aufgeregt träumt. Ihre Lefze zieht sich immer wieder zu einem angedeuteten Zähnefletschen in Richtung der Nase und ihre Beinchen treten rhythmisch ins Leere. Sie träumt von einer Verfolgungshatz, wie es aussieht.

‚Der wahre Alptraum erwartet dich, wenn du aufwachst‘, denkt der Mann schuldbewusst und weckt die aufgeregt mit ihren Gliedmaßen paddelnde Träumerin mit einem sanften Ruck.

Gemächlich entrollt sie sich, streckt sich aufwendig in sämtliche Richtungen und gähnt ihren fischigen Atem in das Wageninnere. Als sie endlich in einer schwerfälligen Bewegung den Wagen verlässt, beschnuppert sie neugierig den staubigen Grund, niest mehrmals laut und feucht und rennt dann wild schwänzelnd, so weit es die lederne Leine zulässt, voran zu der Soldatin.

„Na hallo, aufgeregte Dame! Wen haben wir denn da? Du musst Weißchen sein", begrüßt sie die Soldatin und hält ihr ein Leckerchen hin. Beherzt beißt die Hündin zu, lässt sich genüsslich schnaufend in den feinen Staub fallen, dreht sich auf den Rücken und lässt sich den rosigen Bauch kraulen.

„Du Hübsche! Bald gehst du auf eine Reise! Du wirst die Sterne sehen und uns alle sehr, sehr stolz machen. Du wirst eine echte Kosmonautin! Du wirst Geschichte schreiben. Es wird Briefmarken mit deinem hübschen kleinen Gesichtchen darauf geben. Man wird dir einen Orden verleihen und dich nie wieder vergessen. Na, wie findest du das? Bist du schon aufgeregt?" Die Hündin quittiert das aufgeregte Geschwätz der Soldatin mit nichts als einem brummigen Grunzen.

„Ich bringe Sie erstmal in ihre Wohnung, damit Sie Ihre Tasche ablegen können", wendet sich die Soldatin dem Mann zu. „Vielleicht wollen Sie sich ja ein wenig frisch machen? Es war immerhin eine lange Fahrt. Wie lange waren sie denn eigentlich unterwegs? Fünfzig Stunden? Oder länger? Haben Sie irgendwo gerastet? Sie sind doch bestimmt furchtbar müde", zwitschert die Soldatin, deren heiteres Geplapper eher an eine Mutter mehrerer Kleinkinder als an eine Soldatin erinnert.

„Eigentlich weiß ich gar nicht mehr so genau, wie lange die Fahrt gedauert hat", muss der Mann gestehen.

„Jaja, in der Eintönigkeit der Steppe verliert man sich schonmal. Kommen Sie erstmal", sagt die Soldatin verständnisvoll, klemmt sich die Hündin unter den Arm und führt den Mann in eines der grauen Betonhäuser, dessen dunklen Flur entlang sie in ein noch dunkleres Treppenhaus steigen, das nach einer

Mischung aus scharfen Reinigungsmitteln und zweitklassigem Möbelhaus riecht.

Stufe für Stufe schwingt der schmale Rock vor dem Mann hin und her, als wolle der dunkelgrüne Stoff, unter dem sich zwei Halbrunde abzeichnen, ihn in einen willenlosen Schlaf hypnotisieren. Im zweiten Stock angekommen, zeigt die Soldatin dem Mann seine Wohnungstür.

„Tadaa, hier ist es. Willkommen in ihrem neuen Zuhause, zumindest für eine Weile. Klein aber fein! Hier, Ihr Schlüssel." Sie zupft ein kleines silbernes Schlüsselchen aus der Tasche ihres Rocks und hält es dem Mann hin.

„Machen Sie es sich ruhig erstmal gemütlich. Ich habe Ihren Kühlschrank gefüllt, vielleicht frühstücken Sie ja erstmal in Ruhe? Ich hoffe, Sie haben keine Lebensmittelallergien? Ich bringe die Kleine hier schonmal in den Zwinger zu den Anderen. Versteht Sie sich denn sonst gut mit anderen Hunden? Also neulich hatten wir ja zum ersten Mal eine Rauferei im Zwinger. Letztendlich war es aber nur eine kleine Kabbelei. Niemand ist ernsthaft zu Schaden gekommen", schwätzt sie, während sie das Köpfchen der weißen Hündin krault. Das stumme Nicken des Mannes interpretiert sie als ablehnendes Zeichen und stumme Bitte, ihn endlich allein zu lassen. Die Augen zu engen Schlitzen gezogen, baumelt das falsche Weißchen im Arm der Soldatin und seufzt genüsslich.

„Gehen Sie einfach am Hauseingang rechts, die zweite Möglichkeit links und anschließend die breite Straße entlang, bis Sie links den Zwinger sehen. Da leben all unsere kleinen Kosmonauten. Im Moment haben wir sieben, mit unserem hübschen Weißchen hier sind es dann acht Kosmonautenanwärter, die nur darauf warten, endlich ins All zu reisen. Direkt hinter dem Zwinger jedenfalls ist die Forschungsstation. Ich erwarte Sie etwa gegen Mittag dort. Aber nur keine Hektik, kommen Sie erstmal an!"

„Moment mal!", zischt der Mann viel zu laut in aggressivem Tonfall, der als wütendes Echo aus dem langen schummrigen

Flur widerhallt. Unmöglich kann er die Hündin gehen lassen und will darauf pochen, dass sie bei ihm in der Wohnung bleiben kann. Wenn er sie jetzt gehen lässt, dann wird sie bestimmt in dem System der Forschungsstation versinken wie in einem Treibsand. Er wird sie sicherlich kaum noch zu Gesicht bekommen und sie unmöglich befreien können. Als der Mann jedoch in das erschrockene Gesicht der Soldatin schaut, deren weit aufgerissene Augen in einer Mischung aus Schreck und aufwallender Wut auf eine Erklärung für seinen ruppigen Ton warten, wird ihm bewusst, dass er lieber mitspielen und sich möglichst unauffällig verhalten sollte.

Anstatt seine Hündin zurückzufordern, kramt der Mann unbeholfen in seiner tiefen Manteltasche, in der er zum Glück noch ein letztes Stück Wurst findet. Mit dem rosigen Fleischstückchen in der Hand tritt er auf die Soldatin samt Hündin zu.

„Ich wollte unserem lieben Weißchen nur noch mein letztes Leckerchen geben, bevor es in meiner Manteltasche umkommt", vertuscht er sein ursprüngliches Ansinnen geistesgegenwärtig und verschiebt seine Befreiungsfantasien auf später. Erleichtert lacht die Soldatin glockenhell auf und auch ihre besorgte Miene klart sogleich auf.

„Bis nachher dann. Ich freue mich auf unsere Zusammenarbeit. Das Labor ist zwar klein, aber eigentlich ganz gemütlich", verabschiedet sie sich und verschwindet mit der ungeniert schmatzenden Hündin unter dem Arm im Treppenhaus.

Die Schritte der Soldatin entfernen sich rasch und hinterlassen nichts als Stille. Der Mann hört nur seine hektisch kurzen aber gleichmäßigen Atemzüge, die unverhältnismäßig laut wirken und gar ein Echo zu haben scheinen.

Behutsam schiebt er die Zähne des Schlüssels in das Schloss und genießt die duftende Wärme, die ihm aus der Wohnung entgegen fällt. Bis in die Spitzen füllt er seine Lungen mit dem wohligen Duft, der die spärlich eingerichtete Wohnung ausfüllt.

Er schaut sich um, öffnet und schließt den Kühlschrank

appetitlos und streift rastlos durch die kleine Wohneinheit. Mit zwei Fingern testet er den Härtegrad des kleinen Kopfkissens auf dem schmalen Bett, schaut in den leeren Kleiderschrank, dessen Regalböden mit fremden Fusseln und Haaren benetzt sind und schaut aus dem einzigen Fenster der Wohnung. Zwischen dem Haus und dem Zaun in einigen Metern Entfernung gibt es nichts als karge Steppe. Einzelne dunkelgrüne knorrige Gewächse bedecken den ausgedörrten Boden. Auch hinter dem hohen Zaun liegt nichts als Steppe. Sand und vertrocknete Vegetation, bis zum Horizont, hinter dem sich wahrscheinlich noch mehr vertrocknete Steppe vor dem Blick des Mannes versteckt. Das Gefühlschaos der letzten Minuten überfordert den Mann. Mit schlotternden Knien schleppt er sich in das beengte Badezimmer und platziert seinen Körper unter der heißen Dusche, von der er sich ein klein wenig Entspannung erhofft.

Als er wenig später mit einem hellen Handtuch den beschlagenen Spiegel vom Kondenswasser befreit, kommt darin sein müdes Gesicht zum Vorschein. Der dunkle Schnurrbart hängt nass und schwer in dem frisch gewaschenen Gesicht. Seine Haut spannt sich straff über die markanten Wangenknochen, Nase und Wangen sind gerötet. Nasse Locken liegen auf seinem Kopf, als seien sie ein Bilderrahmen für das markante Gesicht, das ihn zwar aus dem Spiegel heraus anschaut, aber dennoch unendlich fremd erscheint.

‚Soll das wirklich ich sein?', staunt der Mann in den Spiegel hinein. Ungläubig betastet er die frisch gewaschene weiche Haut. Die Bewegungen seiner Finger führen auch die Finger im Spiegel aus, die zeitgleich das fremde Gesicht taxieren.

‚Lavendel!', denkt er. Lavendel ist der diffus vertraute Duft, der die Wohnung füllt und ihn an das Parfum seiner Mutter erinnert.

Der Mann atmet tief und ruhig, massiert seine Schläfen mit Zeige- und Mittelfingern und schließt die Augen. Er muss dringend Ordnung in seinem Kopf schaffen, findet nur keinen Punkt, an dem er anfangen könnte. Immer wieder kommen diese Gedanken an die Oberfläche seines Bewusstseins, die er nicht einordnen kann. Warum fühlt er sich so fremd und erkennt sich selbst kaum in dem, was er tut? Sind das etwa die ersten Anzeichen des Wahnsinns? Wird er allmählich verrückt und hat letzte lichte Momente, in denen er des eigenen geistigen Verfalls gewahr wird?

Als er seine Augen wieder öffnet, spiegelt sich sein Gesicht in dem Glasfenster der Tür zum Labor, in dem man auf ihn wartet. Wie ein Stillleben sitzt das falsche Weißchen mit angelegten Ohren und verunsichert eingezogenem Schwanz auf einem glänzenden Metalltisch, gut ausgeleuchtet von einer schwenkbaren Lampe, die direkt über der Hündin hängt und an einen Operationssaal erinnert. Die Soldatin ist auch dort. Dem Mann und der Hündin den Rücken zugewandt, steht sie an einem Tisch und bereitet fröhlich pfeifend die Operation vor, die der Mann nur erahnt.

‚Sie hat etwas Mütterliches, wie sie dasteht und werkelt. Als würde sie Essen für die Familie kochen', denkt der Mann in einem diffusen Gefühl des Hingezogenseins. Am liebsten würde er die Soldatin mit in die Wohnung nehmen, auf dem kleinen Bettchen drapieren und in ihrem Arm, den Kopf auf ihrer weichen voluminösen Brust abgelegt, einschlafen. Endlich schlafen. Als sich die Soldatin mit einem kleinen Tablett in den Händen, auf dem Sie das Operationsbesteck und einen metallenen Gegenstand aufgebahrt hat, zu der zitternden Hündin umdreht, entdeckt sie den Mann im Fenster.

„Ach hallo! Na kommen Sie nur herein! Ich habe so früh noch gar nicht mit Ihnen gerechnet", ruft sie fröhlich, stellt das Tablett ab und streift sich gelbliche Latexhandschuhe über die zierlichen gepflegten Damenhände.

„Gut, dass Sie hier sind! Sie können mir ein bisschen helfen, dann muss ich unser liebes Weißchen nicht sedieren. Können Sie die Kleine festhalten, bitte? Die Prozedur ist ein bisschen unangenehm", bittet sie den Mann um Mithilfe.

„Was haben Sie denn mit ihr vor?“, fragt der Mann angstvoll.

„Also, zunächst rasiere ich eine Stelle am Hals. Dort implantiere ich in der Nähe der Halsschlagader diesen Sensor“, erläutert sie und hält das metallene Etwas vom Operationstablett in den weißlichen Schein der Operationslampe.

„Der Sensor wird uns auf dem Laufenden halten, wie es unserem lieben Weißchen hier ergeht, wenn sie in der Raumkapsel sitzt und sich auf dem Weg in den Weltraum befindet. Wir erhalten dann Werte wie ihren Puls, Blutdruck, Sauerstoffsättigung und so weiter und können einschätzen, ob sie ihre Reise überleben wird oder was exakt die Probleme sind, denen sie sich zu stellen hat. Na gut, also dann halten Sie einfach von hinten fest ihr kleines Köpfchen in den Händen. Am besten mit Ring- und kleinem Finger etwas weiter unten. So, dass sie auch die Schulter nicht bewegen kann. Dass sie sich ein bisschen sträubt, ist normal. Machen Sie sich nichts draus. Wer wird schon gern rasiert, wenn er so ein hübsches Fell hat.“

Der Mann schluckt schwer und würde sich am liebsten vor Stress übergeben. Seine rumorenden Eingeweide empfehlen ihm die unverzügliche Flucht. Der kleine harte Kopf in seinen Händen hängt an einem verängstigt zitternden Körper. Er spürt, dass die Hündin sich gern umdrehen würde, aber eine fehlgeschlagene Operation will der Mann ebenso wenig riskieren wie dem vorwurfsvollen Blick des malträtierten Tieres standhalten zu müssen.

Kleine Büschel des weißen Fells fallen auf den kalten Metalltisch, als die Soldatin zunächst das Fell kurz schneidet, um anschließend ungehindert mit der Rasur fortfahren zu können. Mit einer rostfarbenen Tinktur tupft sie die helle Haut am Hals der Hündin ab und nimmt das Skalpell zur Hand. Problemlos sinkt die scharfe Klinge tief in die desinfizierte Haut, arbeitet sich mühelos durch die Hautschichten, aus denen energisch Blut emporsteigt.

Ein hochfrequentes Wimmern entfährt der zitternden Hündin, die sich mit ihren Beinchen gegen den festen Griff des Mannes stemmt und panisch versucht, ihren Kopf aus dem Griff zu befreien. Der Mann fixiert ihren Hals kraftvoll zwischen seinen großen Händen, auf deren Rücken sich Adern hervortun. Das wimmernde weiße Bündel jault immer wieder schmerzerfüllt auf und heißes Blut fließt dem Mann über Ring- und Zeigefinger der linken Hand. Er kann nur schätzen, aber es scheint sich um viel Blut zu handeln. Dem Mann rinnen dicke Tränen das Gesicht hinab, die in das flauschige weiße Fell auf dem sich sträubenden Rücken der Hündin fallen.

„So, kein Grund so zu quietschen. Wir haben's ja schon geschafft", flötet die süße Stimme der Soldatin, als sie Nadel und Faden zur Hand nimmt, um den Schnitt wieder zu verschließen.

‚Schon?', denkt der Mann. Er wartet darauf, dass die Soldatin den verknoteten Faden kappt, löst den Griff und schaut der Hündin, die sich sogleich zu ihm umdreht, tief in die Augen.

‚Wie konntest du nur?', sagt ihr Blick. „Ich weiß auch nicht. Es tut mir so leid", sagt der Mann.

2 Kosmonautenklänge

Der blaue Himmel war mit einzelnen Wolken in der Form von Kinderhand gemalter Schafe gespickt. Flora setzte ihren Hundeblick auf und bettelte Timo an, mit ihr ein Eis essen zu gehen.

Bereits seit Tagen war es unfassbar heiß. Auf den Titelseiten am Zeitungskiosk berichtete man von der Jahrhunderthitzewelle. Der Sommer, den alle herbeigesehnt hatten, zeigte sich nun von seiner unbarmherzigen Seite. Die glühende Sonne hatte den Rasen in dem kleinen Garten längst verbrannt und die einst so saftig grünen Grashalme als braunes Gestrüpp zurückgelassen. Der einstige Rasen erinnerte nun vielmehr an trockene Tannennadeln, stach unter den Fußsohlen und auch die Ästchen von Zierpflanzen und Kräutern hingen entkräftet und schlaff herum, als hätten sie den Kampf gegen die Hitze unlängst aufgegeben.

Eigentlich wollte Timo im Schatten des Sonnenschirms, mit den Füßen in einem soeben gefüllten Kinderplanschbecken plätschernd, Liegengebliebenes abarbeiten und später den Tag, mit einem kühlen Bier in der Hand in der Hängematte baumelnd, ausklingen lassen. Wie immer überzeugte Flora Timo dann doch mit einer ihrer hanebüchenen Theorien, gemeinsam ein Eis essen zu gehen.

„Niemand will bei der Hitze arbeiten, schon gar nicht die Menschen, die miserabel bezahlt werden. Den Milchbauern geht es bestimmt nicht anders. Sie werden Urlaub machen, die Milchquellen werden versiegen. Das Eis wird erst sündhaft teuer und dann unauffindbar. Stell dir vor, was ein Milchbauernstreik jetzt für Konsequenzen hätte – der heißeste Sommer seit Jahrzehnten ohne Eis! Wir sollten unsere Chance nutzen, solange sie noch da ist“, lockte sie ihn in die brennende Sonne.

„Das ist Humbug, Flora“, stellte Timo klar und zog sich die

Schuhe an. „Wenn es kein Eis mehr gibt, dann deshalb, weil kein Wasser mehr für die Kühe da ist.“

Als die Beiden eine Stunde später die Eisdiele mit prall gefüllten Waffeln verließen, wehte bereits ein ruppiger Sturm, der Staub und knisterndes Laub in die Luft trieb und im ergrauten Himmel grollte der Donner, der einer bestialischen Drohgebärde gleich ein Sommergewitter ankündigte. Ein unwirkliches Licht lag über der Szenerie, von der Flora und Timo sich unbeeindruckt zeigten. Gemütlich schlenderten die beiden, genüsslich an ihren rasch schmelzenden Eiskugeln leckend, die breite Straße entlang, während Cafés ihre Sonnenschirme schlossen, Sitzkissen in Sicherheit brachten und Gäste an ihre Gläser und Teller gekrallt den Schutz der Gebäude suchten. Sie hofften, dass bald ein warmer Sommerregen einsetzen würde, der sie und die Stadt abkühlen würde.

Timo dachte an die Hängematte, die jetzt gerade, wohl ohne ihn darin, aufgeregt zwischen den beiden Apfelbäumen im Garten im Wind baumelte, als Flora ihm ihre Eiswaffel in die Hand drückte.

„Halt mal“, bat sie ihn. Timo griff wortlos nach Floras Waffel, schleckte unbemerkt an dem Eis darin und rümpfte irritiert die Nase über den eigenwilligen Geschmack des Zitronen-Lavendel-Sorbets.

Flora kniete sich auf den heißen Asphalt, um einen lockeren Schnürsenkel zuzubinden. Der Straßenbelag brannte heiß auf der nackten Haut ihres Knies und in ihren Ohren hallte die mahnende Stimme ihrer Mutter, die sie stets vor der Stolpergefahr offen herumbaumelnder Schnürsenkel gewarnt hatte.

Timo unterdessen trat auf den Zebrastreifen, mit einer Eiswaffel in jeder Hand, der König des Sommers. An seiner goldbraunen Waffel rann gerade ein erster Tropfen geschmolzenes Schokoladeneis herab und hinterließ eine kakaobraune Spur. Timo legte den Kopf schief und fing den Tropfen Sekundenbruchteile vor seinem Absturz mit der Zunge auf. Er zeichnete den Weg des Schokoladentropfens mit der Zungenspitze nach, bis zu seinem Startpunkt, der Eiskugel.

In dem Moment, in dem Flora die beiden Hasenohren der frisch gebundenen Schnürsenkelschleife zurechtzupfte, ließ das panische Kreischen einer Autobremse sie aufschauen. In diesem Moment sah sie ungläubig mit an, wie die frisch polierte und gewachste Front eines dunkelblauen Wagens auf Timo traf. Er rollte auf die Motorhaube, prallte gegen die Windschutzscheibe und wurde auf den noch warmen Asphalt geschleudert.

Wie das Aufschlagen eines belanglosen Gegenstandes klang der Aufprall, dumpf und unbedeutend. Gefühlte Ewigkeiten hockte Flora da, mit den Schnürsenkelschlaufen in den Händen und begriff nicht, was soeben passiert war. Vor ihr lag die pure Sinnlosigkeit. So sinnlos, dass ihr Kopf sich schlichtweg weigerte, irgendetwas davon zu verarbeiten.

Erst als sie Passanten sah, die in Timos Richtung rannten, traute auch Flora ihren Sinnen und hastete auf Timo zu.

Als Flora, die verstörend viele Schritte zurücklegen musste, endlich bei Timo ankam, fielen erste Regentropfen aus dem gewitterdunklen Himmel, die Timo ungläubig bewunderte. Fast wie Diamanten wirkten die kleinen glitzernden Kugeln, die auf ihn herabfielen.

Flora verstand noch immer nicht, was gerade passiert war und stammelte Undefinierbares, während sie sich über das seltsam abstehende Bein wunderte, das aussah, als gehöre es nicht zu dem Rest von Timos Körpers. Reglos lag er dort und wurde von dem leichten Regen benetzt, während Flora sich neben ihm auf den Boden warf, über ihn lehnte und mit zitternden Händen den Körper behutsam streichelte, um ihn und sich zu beruhigen, und ihm das regenfeuchte Haar aus der Stirn strich.

Schnell bildete sich eine Traube aus Menschen um das Unfallgeschehen. Eine Frau schrie, sie habe bereits den Notruf getätigt.

‚Notruf, wozu denn Notruf? Alles ist in Ordnung! Er ist doch nur hingefallen‘, dachte Flora in ungläubiger Verwirrung.

Ein Mann identifizierte sich als Ersthelfer und bahnte sich den Weg durch die sensationsgierigen Schaulustigen, die ihm nur widerwillig eine Rettungsgasse formten.

„Nein, nein, nein. Vorsicht, Sie tun ihm noch weh“, stammelte Flora, als der Ersthelfer Timo in die stabile Seitenlage brachte und tätschelte unbeholfen den schlaffen Körper, der gerade noch munter sein Eis genossen hatte, als könnte das sanfte Streicheln die Verletzungen des Unfalls ungeschehen machen.

Man hörte bereits die Sirenen, die sich in einiger Entfernung langsam näherten, als der Fahrer hinter der gesplitterten Windschutzscheibe hervorkroch. Zutiefst schockiert stieg er kreidebleich aus und drückte sich durch die Wolke aus Schaulustigen. In dem Moment, in dem er den seltsam drapierten Körper erblickte, sank er in sich zusammen wie eine Marionette, deren Fäden mit einem beherzten Schnitt gekappt wurden.

Was danach passierte, daran kann Flora sich kaum erinnern. Sanitäter griffen nach Timo, fixierten ihn auf einer Trage und luden ihn in den Krankenwagen, in dem man auch sie ins Krankenhaus mitnahm. Apathisch starrte sie auf die Hände und Geräte, die sich an dem beunruhigend schlaffen Körper zu schaffen machten. Was war bloß passiert? Warum? Warum heute? Warum Timo?

Man ließ Flora auf dem Krankenhausflur allein, wo sie Schwierigkeiten hatte, die Ereignisse der letzten Stunden zu verstehen.

Schon früh, noch bevor sich ihr erster Milchzahn von ihr verabschiedete, war sich Flora ihrer Körperlichkeit bewusst gewesen. Durch ihre blasse Haut sah sie blaue Adern schimmern, die sie manchmal mit einem Filzstift verfolgte, soweit ihr Blick es zuließ. Wenn sie stolperte und sich das Knie aufschlug, so beobachtete sie neugierig das Blut, wie es ihren Körper verließ und eine tiefrote Spur hinterließ, bis es irgendwann den Boden erreichte oder gierig von Stoff aufgesaugt wurde.

Manchmal durfte Flora mit dem Stethoskop ihres Vaters spielen. Sie steckte sich die weichen Gummi-Pfropfen in die Ohren und legte das kalte Hörstück auf die Bäuche ihrer Eltern oder auch ihren eigenen und horchte. Im Inneren dieser Körper hörte sie das gleichmäßige Rauschen des Atems, das kraftvolle Hämmern des Herzschlags und das seltsame Gluckern und Gurgeln des angestrengt arbeitenden Verdauungstrakts.

Wenn Flora bei ihren Urgroßeltern auf dem Sofa saß und die pergamentartige, halbdurchsichtige Knitterhaut ihrer Uroma beobachtete, die sorgsam den Abendbrottisch deckte, dann war Flora sich im Klaren darüber, dass auch ihr Körper eines Tages in knitteriges Pergament gehüllt sein würde. Dass der Körper ein fragiles Konstrukt ist, zerbrechlich und permanent im Verfall begriffen.

Oft fragte sie sich, viel zu früh für ein kerngesundes Kind, wie sich der Tod anfühlen würde. Wenn sie ihren Vater danach fragte, so sagte er stets, das Sterben sei wie das Einschlafen, nur ohne Aufwachen eben. Eine unendliche traumlose Nacht.

Nächtelang lag Flora wach und gab sich größte Mühe, sich auf das Gefühl im Moment des Einschlafens zu konzentrieren und kam zu dem Schluss, dass der Tod ein gewaltsames Fortreißen ist. So, wie sie sich jeden Abend gegen das Zubettgehen wehrte, so glaubte Flora, so würde sie sich eines Tages mit all ihrer Kraft gegen den Tod wehren.

Viele Jahre später fing Flora an, Barocklyrik zu sammeln, die ihr aus der Seele zu sprechen schien. Mit all ihren Vergänglichkeitsbildern und Todesmahnungen waren die barocken Sonette wie für Flora geschrieben. Dass sie sich in einem furchteinflößenden Moment, in dem die Überfülle möglicher Ausbildungen, Studiengänge und Lebenswege sie als die Brust verengendes Gewicht zu ersticken drohte, eben dieser Leidenschaft zuwandte und sich für ein Literaturstudium entschied, war geradezu eine logische Konsequenz.

Ihr Bewusstsein des Todes, der ständig lauerte, trug sie wie eine Selbstverständlichkeit mit durch ihr Leben, aber eines tat sie nie. Niemals kam sie auf die Idee, dass auch die Menschen, die sie liebte, von dieser Vergänglichkeit und Zerbrechlichkeit des Körpers betroffen sein könnten. Umso schockierter war Flora, als der lächerlich sinnlose Unfall Timo in die Bewusstlosigkeit entführte. Auch Timo war zerbrechlich, eine Erkenntnis, die Flora als große Überraschung traf.

Seit dem Unfall träumt Flora beinah jede Nacht von der drückenden Hitze, der glänzenden Motorhaube und dem seltsamen Geräusch, mit dem die Flugbahn von Timos Körper auf der harten Fahrbahn ein Ende fand. Von einer gemeinsamen Zukunft zu träumen, das traut Flora sich nicht. Und das, obwohl unter ihrer Brust ein kleiner Mensch heranwächst, der zur Hälfte aus Timo besteht.

Als Flora aufwacht, ist es bereits dunkel draußen. Den Kopf auf die gefalteten Arme gelegt, war sie schluchzend am Küchentisch eingeschlafen. Langsam hebt sie ihren schweren Kopf und öffnet ihre verquollenen Augen, denen die befreienden Tränen des Vorabends noch deutlich anzusehen sind.

Wie in Zeitlupe löst sie ihren schmerzenden Körper aus der unbequemen Schlafposition und entdeckt eine kleine Speichelpfütze unter ihrem Gesicht. Mit dem Ärmel saugt sie die Flüssigkeit auf, die einen dunklen Fleck auf der hölzernen Tischoberfläche hinterlässt.

Vor sich hat Flora ihr Telefon liegen. Ein Knopfdruck lässt das Display aufleuchten, dessen Helligkeit einen stechenden Schmerz in Floras Augen schickt. Weder einen verpassten Anruf, noch eine eingegangene Nachricht zeigt das Display an. Nur die Uhrzeit und das Datum prangen dort in weißen Ziffern. Es ist der 2. September, kurz vor halb zwei in der Nacht. Etwas mehr als zwei Wochen ist es nun schon her, dass Timo ins Krankenhaus eingeliefert wurde und noch immer hat Flora Probleme zu begreifen, dass der menschliche Körper so fragil ist. Dass ein Unfall ein Unfall ist und jeder Sinnhaftigkeit entbehrt. Und dass in jeder einzelnen Sekunde Unvorhersehbares das gesamte Leben auf den Kopf stellen kann.

Mit einer Tasse Kaffee und dem Telefon in der Hosentasche steigt Flora auf den Dachboden. Immer wieder kommt sie hier hoch, um in Erinnerungen zu stöbern, die sie Timo erzählen kann.

Es helfe, wenn sie etwas erzähle, hatte die Krankenschwester ihr erklärt. Eine vertraute Stimme würde oft beruhigend auf Komapatienten wirken. Die Hauptsache sei, sie strahle Optimismus aus. Manchmal schafft Flora das mit Optimismus nicht. Dann sitzt sie einfach nur da, streichelt sanft den Körper unter der Bettdecke oder erzählt über Belangloses wie das Wetter oder Nachrichten, die sie im Küchenradio aufgeschnappt hat. Meistens aber findet Flora Kraftreserven in sich, die sie nicht vermutet hätte, steigt hier hinauf unter das Dach und legt sich eine Geschichte zurecht, um sie Timo zu erzählen. In der Hoffnung, dass er sie hört. Sich daran erinnert, in welcher Welt er zu Hause ist und irgendwie zurückfindet aus dem tiefen Schlaf, der ihn unter sich zu begraben scheint.

Der Dachboden, spärlich beleuchtet durch eine milchige Glühlampe, die an einem Kabel von einem Dachbalken baumelt, ist staubig und mit dicht gesponnenen Spinnenweben behangen. Vertrocknete Insektenleichen liegen auf dem Boden, auf dem Flora in den letzten Tagen Fotoalben, Tagebücher und allerhand Erinnerungsstücke verteilt hat. Auf Zehenspitzen bahnt sie sich den Weg durch das Chaos, das sie hier hinterlassen hat bis zu dem winzigen Dachfenster am anderen Ende des Dachbodens. Das Fenster ist alt, der gräuliche Lack hängt in Streifen aufgerollt am nackten Holz des Fensters, einige Lacksplitter liegen unterhalb des Fensters. Die Scheibe hat einen feinen Riss, der das Glas diagonal durchschneidet. Ein Vogel war vor einigen Wochen gegen das Fenster geflogen. Außer einem staubigen Abdruck und einer einzelnen Feder auf dem Sims hatte er keine Spuren hinterlassen. Ob er gesund und munter weggeflogen war, oder aber als leichte Katzenbeute in das Gras unterhalb des Fensters gefallen war, weiß niemand.

Zielstrebig zieht Flora eine Metalltruhe aus der Dachschräge. Der olivgrüne Lack ist mit Kratzern übersät, an manchen Stellen ist er abgesprungen und erlaubt einen Blick auf das blanke Metall. Unter dem Deckel der Truhe schlummern Schallplatten, die seit Jahren nicht mehr abgespielt worden sind. Zwischen all den Langspielplatten ihres Vaters sucht Flora zwei besondere Platten, die ihr Vater Timo und ihr vor über zwanzig Jahren vorgespielt hat. Vorbei an Hörspielen, Klassik und irgendwelchen Bands aus den Siebzigern blättert sie sich durch die abgegriffenen Papphüllen und findet schließlich die Plattencover, nach denen sie Ausschau gehalten hat.

Viele haben über den Weltraum gesungen, geschrieben oder Filme gedreht. Aber zwei ganz bestimmte Lieder sind es, die einen festen Platz in der Geschichte der Kinderkosmonauten Timo und Flora haben. Floras Hand gleitet über die vom oftmaligen Anfassen speckigen Papierhüllen und zieht das dicke Vinyl heraus, das schwer in ihrer Hand liegt. Wie immer ist Flora fasziniert von den kleinen Rillen in dem schweren Plastik, die wie magisch zu Musik werden, sobald eine feine Nadel durch sie hindurch fährt. Sie nimmt zwei Schallplatten, einen orangefarbenen Koffer und klettert mit ihrer üppigen Beute vom Dachboden herunter.

Einige Stunden später, die sich Flora mit sinnlosen Tätigkeiten vertrieben hat, radelt sie angestrengt durch die heiße Stadt. In der schwülen Hitze fällt ihr das Atmen schwer. Mit von der Luftfeuchtigkeit gekräuselter Struwwelpetermähne kommt sie verschwitzt am Krankenhaus an. Aufgeregt hastet sie mit ihrem Gepäck durch das Krankenhaus auf die Intensivstation, auf der Timo noch immer liegt. Wie jedes Mal, wenn sie hier ankommt, hat sie Magenkrämpfe. Obwohl Flora sich jeden Tag den Anblick ins Gedächtnis ruft, der hinter der schweren Krankenzimmertür auf sie wartet, ist sie immer wieder schockiert von Timos Körper, den Monitoren, Kabeln und Schläuchen. Flora gibt sich auch heute Mühe, den Schock weg zu atmen und durch tröstlichere

Gedanken zu ersetzen. ‚Timo ist noch hier. Und solange er hier ist, ist hier auch Hoffnung!', redet Floras innere Stimme ihr das Mantra dieser Tage ein. Die Ärzte, so erzählte ihr Timos Mutter vor wenigen Tagen am Telefon, klängen seltsam. Sie wollten keine definitiven Aussagen machen, auf die man sie später festnageln könnte.

„Mein Lieber! Ich bin wieder da", flüstert Flora und versichert sich mit einer sanften Berührung der Echtheit des puppenhaft anmutenden Körpers. Heute kann Flora es kaum erwarten, ihre Geschichte zu beginnen. Eine grundlose Zuversicht, dass die Musik Timo zurückholen wird, erfüllt sie. Unmöglich kann er da liegen und nicht aufwachen, wenn er die vertrauten Klänge hört, die ihn beinah sein gesamtes Leben begleitet haben. Falls er sie hört. Den Stuhl nah an das Krankenbett gerückt, beginnt Flora zu erzählen.

„Ein paar Wochen, nachdem wir unseren großen Papprakestenstart inszeniert hatten, wollte mein Vater unbedingt, dass wir ihn in seinem Hobbykeller besuchen. In seiner Festung der Männlichkeit, in der er zumeist an den Wochenenden mit seinen Freunden stundenlang Musik zu hören pflegte und in der Kinder und Frauen strengstens verboten waren, sollten wir als Gäste empfangen werden. Wir! Da war er, der Ruhm der Raumfahrerkinder! Wir waren berühmt. So berühmt, dass sich für immer und ewig verschlossen geglaubte Türen wie magisch für uns öffneten und wir Zugang zu dem mysteriösen Rückzugsort hatten, der nach Aftershave, Aschenbecher und abgestandenem Bier roch. Als wir in den Keller hinunter schritten, waren wir aufgeregt und neugierig, was uns da unten erwarten würde. Am Ende der dunklen Holztreppe befand sich eine weiße Tür, an der das grellgelbe Schild mit der unmissverständlichen Aufschrift ‚Unbefugten ist der Zutritt verboten' mit einem dicken Ausrufezeichen dahinter stand. Als wir an der Tür zu dem Hobbyraum meines Vaters anklopften, öffnete er uns sofort und bat uns feierlich, einzutreten.

Der Raum war viel größer und viel gemütlicher, als ich ihn mir immer vorgestellt hatte. In meiner Fantasie handelte es sich um einen dunklen Raum voller Heizungsrohre, in dem Kellerasseln, Mäuse und dicke Spinnen ihr Unwesen trieben. Stattdessen gab es einen dunklen Teppichboden, Poster, mit leicht bekleideten Frauen darauf, an den Wänden und eine zusammengewürfelte Auswahl ausrangierter Sitzmöbel. Mein Vater wies uns zwei Sessel zu, auf denen wir Platz nehmen sollten.

‚Ich habe etwas ganz Besonderes für euch – Raumfahrermusik', sagte er.

Auf einem Sideboard stand sein Plattenspieler, den ich an dem Tag das erste Mal zu Gesicht bekam. Auf dem Tisch lagen zwei Schallplattenhüllen, auf der oberen war ein Mann mit Sonnenbrille abgebildet, der im Profil von schräg oben fotografiert worden war, so dass man die Augen hinter den schwarzen Gläsern seiner Sonnenbrille erkennen konnte. Eingerahmt wurde das Gesicht des Mannes von verwuscheltem Haar und einem kurzen Bart.

Mein Vater hob die Schutzhaube des Plattenspielers an, nahm die Schallplatte aus der Hülle und bürstete sie mit einer länglichen feinborstigen schwarzen Bürste, als würde er ein liebgewonnenes Haustier pflegen. Dann legte er die Schallplatte auf den Teller und nahm den Arm des Plattenspielers. Er zupfte eine Fluse von der Nadel, ein lautes Knistern erfüllte den Raum. Dann legte er die Tonnadel auf die Pausenrillen zwischen dem vorletzten und letzten Lied der A-Seite. Wo genau er sie hinlegte, wussten wir damals natürlich nicht. Ebenso wenig wussten wir, dass der Mann mit Sonnenbrille auf dem Cover Elton John war und das Album ‚Honky Château' hieß. Vielleicht haben wir die beiden Wörter flüchtig gelesen und konnten rein gar nichts damit anfangen.

Das Lied begann zu spielen und wir verstanden kein einziges Wort. Vier Minuten und fünfundvierzig Sekunden später, als das Lied zu Ende war, erklärte mein Vater uns, was es damit auf sich hatte. Das Lied hieß ‚Rocket Man' und handelte von einem Raumfahrer, dessen Frau ihm für die lange Reise seine Tasche packt. Er wird gefeiert und beneidet für seinen Job, fühlt sich im Weltall aber eigentlich unfassbar einsam und hat das Gefühl, ein Betrüger zu sein, weil er für einen Job, den er hasst, gefeiert wird. Ungestüm jauchzend und schreiend sprangen wir wie wild gewordene Bestien von Sessel zu Sessel und bestanden darauf, das Lied nochmal hören zu dürfen. Unser Wunsch war meinem Vater Befehl.

Danach legte er David Bowies ‚Space Oddity' auf, klärte uns über den Inhalt des Liedes auf uns und sah tief zufrieden zu, wie wir energetisch auf den Sesseln umhersprangen und kaum an uns halten konnten. Beide Lieder musste er noch mehrmals für uns spielen. Noch ein letztes Mal sang David Bowie für uns die Schlusszeilen ‚Here am I floating in my tin can far above the moon. Planet Earth is blue and there's nothing I can do' und dann erklärte uns mein Vater, dass die Musikstunde nun beendet sei. Er brachte uns zur Tür und schloss sie hinter uns.

Seitdem bin ich nie wieder in der Männerhöhle meines Vaters gewesen.

Nach dem musikalischen Nachmittag saßen wir wochenlang in meinem Zimmer, angelehnt an mein Bett auf dem Boden oder lagen da und starrten an die mit Sternen bemalte Decke. Manchmal hockten wir auch auf dem Teppichboden, mit unseren aufgescheuerten Kinderknien, die zerkratzte Haut über die Gelenke gespannt. Haut, die uns damals noch alles zu verzeihen schien. Neben uns stand mein weinroter Kassettenrekorder, eine unbespielte Kassette im Fach. Um uns herum leuchteten pinkfarbene Flecken im Teppich – Knete, die ich irgendwann mal in die raue Faser einmassiert habe. Weil mir langweilig war und sich die von der Knetmasse umschlossene Teppichfaser so gut angefühlt hat.

Ewigkeiten starrten wir auf die löchrige Plastikverkleidung, hinter der sich die Lautsprecher befanden und warteten, während die Neunziger an uns vorbei dudelten.

Aus Versehen wurden Ace of Base, die Cranberries, No Doubt und R.E.M. ebenso der Soundtrack unserer Kindheit wie das schleifende Geräusch des Vor- und Zurückspulens von Kassetten. Die Nachrichten durchschnitten wie unbarmherzige Messer den Musikstrom und am Ende eines jeden Liedes oder Nachrichtenbeitrages dachten wir, jetzt müsse es aber endlich soweit sein und das Radio würde eines der beiden Lieder über die Raumfahrer spielen.

Als es endlich so weit war, warst du mit einer Tüte Brause-UFOs im Arm eingeschlafen und ich rüttelte dich wie eine Verrückte. Du wischtest dir eine Spucke-Spur aus dem Gesicht und erkanntest das Lied sofort. David Bowie zählte gerade den Countdown herunter. Die Stelle war das Einzige, was wir an dem Lied verstanden, die englischen Zahlen von zehn abwärts. Die ganze Nacht lagen wir im Schein der Nachtlampe und hörten ‚Space Oddity', immer und immer wieder. Nach jedem Mal füllte das quietschende Spulgeräusch die Stille in meinem Kinderzimmer, bis das Band zurückgespult war und David Bowie unbeirrt von vorne anfing."

Flora legt den orangefarbenen Koffer auf den Tisch, öffnet die Scharniere und klappt den Deckel auf. Der Reiseplattenspieler, den sie vor Ewigkeiten mal auf einem Flohmarkt entdeckt und sich umgehend in ihn verliebt hatte, erfüllt das erste Mal seinen eigentlichen Zweck. Aus einer Stofftasche zieht sie die zwei Schallplatten, die ihr Vater ihr vor mehr als einem Jahrzehnt vermacht hat.

Flora lässt den dünnen Papierumschlag mitsamt dem schweren Vinyl aus der Papphülle rutschen, nimmt die Schallplatte aus dem Umschlag und legt die erste Platte auf. Behutsam nimmt sie den Tonarm und lässt die Nadel in die Pausenrillen vor dem letzten Lied der A-Seite fallen. Der Raum füllt sich mit dem ersten Klavieranschlag, auf den der Gesang von Elton John folgt. Flora zieht ihren Stuhl ganz dicht an Timos Bett, in der Hoffnung jede Regung seinerseits sofort zu bemerken.

‚And I think it's gonna be a long, long time', füllt Elton Johns Stimme den kleinen Raum, als Flora die Tränen nicht mehr länger zurückhalten kann und ihr Gesicht in die kratzige Bettdecke fallen lässt, die Timos Körper bedeckt. Als sie ihren Kopf wieder hebt, fährt der Arm des Plattenspielers gerade zurück in die Normalstellung. Auf der Bettdecke zeichnen sich zwei schwarze Flecken ab, die dort prangen, wo noch vor Kurzem Floras Augen geruht hatten und ein roter Kreis dort, wo ihr geöffneter Mund gelegen hatte.

Für ein zweites Lied findet sie heute keine Kraft. Stattdessen schaut Flora Timo an, zeichnet mit ihrem Blick seine Züge nach, die so entspannt und zufrieden aussehen, als würde er schlafen und gleich aufwachen. Seit so vielen Jahren ist es für Flora selbstverständlich, dass dieser Körper neben dem ihren im Bett, unter den Leuchtsternen an der Decke, liegt und schläft. Sie hat Angst, panische Angst, die ihr den Magen zu einem schmerzenden Knoten zusammenbindet. Sie fürchtet sich davor, dass es eine lange, lange Zeit sein wird, bis er zu ihr zurückkehrt. Falls er zu ihr zurückkehrt. Sie kann nichts tun als zu warten und zu hoffen, machtlos dasitzen und Geschichten erzählen. Was wird sein, wenn sie alles erzählt hat, woran sie sich erinnert? Wenn sie und ihre Erinnerung leer sind und nichts als die Verzweiflung mehr da ist? Was ist, wenn Timo nicht aufwacht und das kleine Bündel, das gerade in ihr heranwächst, das Einzige ist, was ihr von ihm bleibt? ‚Optimismus!', ermahnt sich Flora und schüttelt sich die bleischweren Fragen aus dem Kopf.

Sie nimmt die Schallplatte vom Drehteller, lässt sie erst in die Papierhülle und darin in den Umschlag gleiten, verstaut sie in dem Beutel und klappt den Reiseplattenspieler zu.

Mit einem beinah geflüsterten „Bis morgen, mein Lieber!", verabschiedet Flora sich und versichert sich mit einer letzten Berührung der Wärme des Körpers, der wie eine farblose Attrappe daliegt. Sie prägt sich das Bild, wie Timo hier liegt, noch einmal gut ein und öffnet die Tür zum Krankenhausflur.

Als Flora an diesem Tag nach Hause, in Timos und ihr gemeinsames Zuhause, kommt, stapft sie ohne Umwege ins Schlafzimmer und lässt sich auf das gemeinsame Bett fallen, das sie seit dem Unfall gemieden hat. Tief, bis in die Spitzen ihrer Lungen, saugt sie den Duft aus Timos Kissen in sich auf. Den Duft, den sie so vermisst. Den Duft, den sie auch nicht an dem Körper gefunden hat, der dort hinter der schweren Tür in dem Krankenzimmer liegt und aussieht wie eine schlechte, etwas zu blasse Kopie von Timo. Sollte Timo nicht wieder aufwachen, ist dieses Kissen und das bisschen Schmutzwäsche in dem Korb im Badezimmer das Einzige, was ihr bleibt von einem Menschen, mit dem sie fast ihr gesamtes bisheriges Leben verbracht hat und auch fest entschlossen war, das Stückchen Leben mit ihm zu teilen, das noch auf sie zukommt. ‚Wie sinnlos, wie unendlich sinnlos dieser Unfall war', denkt Flora, als sie das Kissen nimmt, auf dem Timos Kopf Nacht um Nacht zu träumen pflegte, und in die Küche geht.

In der Küche angekommen, zieht Flora den Bezug von dem wattigen Inneren des Kissens, wühlt in der Schublade, bis sie einen Gefrierbeutel findet und legt den Kissenbezug, fein säuberlich gefaltet, in den Gefrierbeutel. Sie drückt die Luft aus dem Beutel, die sie begierig in die Nase saugt und verschließt den Beutel an dem Druckverschluss. So leicht wiegt eines der letzten Stücke in diesem Haus, das nach Timo riecht.

‚Als wäre es kaum da', staunt Flora, öffnet die Tür des Kühlschranks und legt das kleine Päckchen in das Tiefkühlfach. Dort soll er warten, frisch bleiben, der Duft nach Timo, den sie gerade ein vorerst letztes Mal in ihrer Erinnerung aufgefrischt hat.

3 Der Wind

„So, hier sind wir erstmal fertig“, trällert die Soldatin dem kreidebleichen Mann entgegen. „Als Nächstes muss Weißchen zur Anprobe. Für unsere kleinen Kosmonauten gibt es spezielle kleine Raumanzüge, die verhindern, dass sich ihr Fell irgendwo innerhalb der Raumkapsel verhakt. Außerdem sehen sie sehr professionell darin aus“, lacht die Soldatin etwas zu hysterisch.

Der Mann nimmt die zitternde Hündin auf den Arm, die ihn mit großen Augen verunsichert um Hilfe anfleht.

„Wollen Sie ihr denn kein Schmerzmittel geben? Es war immerhin ein tiefer Schnitt“, gibt der Mann zu bedenken.

„Ach, papperlapapp! Sie ist doch ganz fit, unsere Kleine“, singt die Soldatin beinahe und tätschelt dem zusammengesunkenen Bündel, das noch vor wenigen Minuten eine glückliche Hündin war, den Kopf.

„Kommen Sie! Wir bringen die Kleine jetzt zur Anprobe. Ohne den Anzug kann sie schließlich nicht in die Rakete“, lacht die Soldatin und geht, eine fröhliche Melodie pfeifend, voran.

‚Es gäbe Schlimmeres‘, sagt der Mann lautlos in sich hinein.

Durch dunkle Gänge schieben sie sich Ecke um Ecke. Irgendwas brabbelt die Soldatin aufgeregt, während sie sich vor dem Mann durch Gänge und um Ecken schiebt. Konzentrieren kann er sich nicht darauf, viel zu angespannt ist er. Erhellt werden die Gänge fern des Tageslichts nur von Neonröhren, die flackerndes Licht in das unheimliche Gangsystem schicken. Dem Mann fällt es schwer, mit dem raschen Gang der Soldatin Schritt zu halten. Immer wieder muss er hastend zu ihr aufschließen. Angstvoll versucht er, den Abstand zu ihr möglichst geringzuhalten, um nicht in dem System aus erleuchteten und dunklen abzweigenden Gängen verlorenzugehen.

Der Mann versucht sich verzweifelt zu merken, wann sie wo abgebogen sind, in der naiven Hoffnung, aus diesem verästelten System aus Gängen irgendwann wieder herauszufinden. Orientierungslos schnappt er nach Luft, hastet der flinken Soldatin hinterher. Auch die Hündin scheint mitgenommen und schwächlich. Im Arm des Mannes zusammengesunken, lässt sie ihre Beine baumeln, ihr Kopf lastet schwer auf seinem Unterarm. Ein jeder der harten Schritte des Mannes scheint ihr Schmerzen an der frischen Wunde zu bereiten. Die rasierte Stelle, in deren Mitte sich ein tiefer, schludrig vernähter Schnitt befindet, ist mit silbrigem Puder versehen. Um die Wunde herum stehen drahtige Löckchen, die von der Jodtinktur rostfarben verfärbt sind. Spuren des Blutes findet der Mann nicht.

Als sie endlich im Anproberaum angelangt sind, setzt der Mann sich mit der kraftlosen Hündin auf dem Schoß auf einen der Bürostühle, die sich hinter einem schweren dunklen Holzschreibtisch befinden.

„Na passen Sie aber schön auf", trötet die Soldatin. „Nicht, dass unser liebes Weißchen uns noch die Unterlagen besudelt."

Die Soldatin lässt ihre grazile Hand in ihre Rocktasche gleiten und zieht einen Zettel hervor, den sie auffaltet, von dem sie etwas abliest und anschließend wieder in ihrer Tasche verschwinden lässt. Tänzelnd bewegt sie sich auf einen großen metallenen Schrank zu, dreht die einzelnen Rädchen des Zahlenschlosses in die korrekte Position und fädelt den Haken des Schlosses aus. Hinter den Türen, die sie wie eine Schatztruhe mit einem verheißungsvoll „Ta-ta-ta-taaaa!" öffnet, befindet sich eine Kleiderstange, an der etliche kleine Raumanzüge, aufgereiht an Kleiderhaken, hängen.

Die Soldatin wühlt in den kleinen Raumanzügen, bis sie schließlich denjenigen Anzug findet, auf dessen Brust „Weißchen" in schwarzen, erhabenen Lettern aufgestickt ist. Sie nimmt den Skaphander, der wirkt, als wäre er für eine Puppe genäht worden, vom Kleiderhaken, öffnet den Reißverschluss so weit wie möglich und geht mit dem Anzug wedelnd auf den Mann und das falsche Weißchen zu. Die Hündin sitzt noch immer auf dem Schoß des Mannes, an den die Soldatin nun ganz nah heranrückt. Vor dem Mann kniend, fasst sie zärtlich Beinchen um Beinchen der Hündin und führt es zaghaft in das dafür vorgesehene Hosenbein des Raumanzuges. Als alle vier Beinchen in dem Kleidungsstück verstaut sind, schließt die Soldatin den am Bauch entlang führenden Reißverschluss, penibelst bemüht, kein einziges der borstigen Bauchhaare darin einzuklemmen.

„Wunderbar! Wie zauberhaft sie in dem Anzug aussieht! Wie eine echte stolze Raumfahrerin. Richtiges Postkartenmaterial ist das, nicht wahr? Ich hole gleich mal die Kamera!“, schwärmt die Soldatin und fixiert den Anblick der kleinen Hündin in dem Skaphander schon wenig später mit einem hellen Blitz als Fotografie.

„Dieses Foto wird viel wert sein, wenn du zurückkommst, kleine Schönheit, du! Du wirst stapelweise Titelseiten bedecken, da bin ich sicher! Die Presse wird sich um dich reißen“, redet die Soldatin der Hündin zu, die währenddessen das orangefarbene Hosenbein des maßgefertigten Anzuges abschleckt, der auch dem falschen Weißchen wie angegossen passt.

„Na gut, das war es für heute. Dann wollen wir den Anzug mal wieder ausziehen. Ich bringe unser liebes Weißchen zurück in den Zwinger zu den Anderen. Morgen früh ist es dann auch schon soweit und unsere Kleine kann auf die Reise gehen. Sie sollten sich Ihren Wecker stellen, der Start ist für etwa sieben Uhr morgens angesetzt.“

„Sagen Sie, würde es Ihnen etwas ausmachen, wenn ich Weißchen selbst zurück in den Zwinger bringe?“, fragt der Mann fast verlegen.

Die Soldatin schaut ihn fragen an.

„Ich würde gerne noch ein letztes Mal mit ihr spazieren gehen, bevor ihre Reise losgeht“, ergänzt er. „Wir haben immerhin eine ganze Weile miteinander verbracht und wer weiß, ob sie zurückkommt.“

Ein verzücktes Jauchzen entfährt der Soldatin. In einer überschwänglichen Geste der Rührung presst sie die Hände auf ihr Herz, legt den Kopf schief und schaut den Mann verträumt an. „Aber natürlich! Entschuldigen Sie, dass ich nicht selbst auf die Idee gekommen bin. Natürlich, natürlich, natürlich!“, kräht sie und zieht jeden Vokal unnötig in die Länge. „Verabschieden Sie sich nur in Ruhe! Aber vergessen Sie nicht die nötige Portion Optimismus. Wir sind nämlich auf Optimismus angewiesen hier draußen, wir leben geradewegs davon! Sie müssen das verstehen, wir können nicht immer wieder Hunde ins All schießen und sterben lassen, wenn wir nicht beim nächsten Mal wieder optimistisch sind, dass es diesmal endlich klappen wird“, gibt die Soldatin zu bedenken.

Der Mann nimmt die Hündin, verabschiedet sich mit einem stummen Gruß von der Soldatin und bahnt sich den Weg zurück durch das dunkle System aus zitternd beleuchteten Gängen. An den Plastikverkleidungen der Neonröhren flattern einzelne Motten, die aufgeregt ihren Weg ins Licht suchen.

‚Flattert nur, die Sonne werdet ihr nie wieder sehen. Ihr werdet hier unten sterben‘, denkt der Mann betrübt.

Die Hündin zieht den Mann an der Lederleine euphorisch voran und scheint den Weg zum Ausgang bereits verinnerlicht zu haben. Als sie endlich am Ausgang angelangt sind, nimmt der Mann einen tiefen Atemzug der warmen Steppenluft. Die Sonne steht bereits niedrig und wird bald untergehen.

Der Mann schaut hinunter zu der Hündin, deren Fell von der Anprobe noch zerrupft ist. Ihre großen dunklen Augen, in denen er nichts zu lesen vermag, schauen zu ihm auf. Das kleine Bündel, dessen Schicksal er sich unter den Nagel gerissen hat, ahnt nichts von der Reise, die vor ihm liegt.

Schnellen Schrittes überqueren Mann und Hündin das Areal, schieben sich zwischen den Betonbauten hindurch, die im Schein der untergehenden Sonne leuchten, als würden sie lichterloh brennen.

Der Mann, hastig seine Fersen in den Steppenstaub bohrend, hat einen Plan gefasst.

Wenige Minuten später erreichen der Mann und die Hündin das Tor, durch das sie heute Morgen gefahren sind. Es scheint dem Mann, als wären Ewigkeiten vergangen, seitdem sie hier angelangt sind. Der Wächter lungert in seinem Wachthäuschen, tief in seinen Stuhl gelehnt sitzt er da. Seine Füße auf dem Tisch abgelegt blättert er in einem ausgelesenen Buch, dessen Titel der Mann nicht erkennen kann.

„Na, ist wohl nicht allzu viel los heute", witzelt der Mann. Der Blick des Wächters rollt über die letzten Zeilen des Kapitels und schließlich in Richtung des Mannes.

„Ach, wen haben wir denn da? Die kleine weiße Dame!", freut sich der Wächter und springt der Hündin fröhlich entgegen, um sie zu kraulen.

‚Wie soll sie auch etwas ahnen', denkt der Mann. Von der Operation abgesehen, sind hier alle gut zu ihr.

„Was machen Sie denn hier?", fragt der Wächter, der gemeinsam mit der Hündin zu den Füßen des Mannes sitzt.

„Morgen steigt die Kleine in die Kapsel. Ich wollte gerne einen letzten Spaziergang mit ihr machen. Würden Sie uns das Tor öffnen? Wir sind spätestens bei Sonnenuntergang zurück."

Die Augen des Wächters formen sich zu engen Schlitzen, die den Mann zweifelnd taxieren. Schließlich springt der Wächter auf, klopft sich den Staub aus der Kleidung und nimmt seinen dicken rasselnden Schlüsselbund vom Schreibtisch.

„Ach, wie könnte ich Ihnen einen letzten Spaziergang verwehren. Viel zu schnell fressen sich diese kleinen Viecher in unsere Herzen, nicht wahr?", sagt der Wächter wehleidig.

„Kommen Sie!", führt er den Mann zum Ausgang. „Vor ein paar Wochen ist eine Hündin gestartet. Ihr Herrchen ist jeden Abend mit ihr für eine Stunde durch die Steppe spaziert, hatte sie tief ins Herz geschlossen und ich war mir sicher, dass er todtraurig sein würde. Seine Hündin war schon auf dem Rückweg aus dem Weltraum, aber als dann der Moment gekommen war und der Fallschirm der Raumkapsel sich öffnen sollte, geschah nichts. Gar nichts. War wohl falsch oder zu fest gepackt, der Schirm. Die Kapsel ist ungebremst aufgeschlagen und hat sich fast einen Meter tief in den Sand gebohrt. Als man sie endlich geborgen hat, war die Hündin selbstverständlich tot. Sie können sich vorstellen, dass die Tiere sowas nicht aushalten, selbst bei all der Vorbereitung nicht. Ich kann mir nicht ausmalen, wie sich das für denjenigen anfühlt, der sie monatelang vorbereitet und schließlich in die Kapsel hineingesetzt hat."

„Schrecklich!", flüstert der Mann wie benommen von der tragischen Geschichte. Der Wächter öffnet einige Meter hinter dem Wachthäuschen eine Tür, die in den Zaun eingelassen ist, und lässt den Mann und die kleine weiße Hündin hindurchschlüpfen.

„Seien Sie aber nicht später als zum Sonnenuntergang zurück. Sie müssen unbedingt zurück sein, bevor die Wachablösung stattfindet."

„Versprochen!", ruft der Mann dem Wächter aus der unendlichen Steppe entgegen. „Ich bin Ihnen sehr dankbar!"

Lange laufen der Mann und die Hündin ziellos in der Einöde umher. Der Mann tritt mit seiner Schuhspitze kleine Steine durch den Staub, denen die Hündin beschwingt hinterherjagt, als handle es sich um eine spielerische Jagd zwischen Katze und Maus. In der leichten Brise liegt ein vertrauter Duft.

Der Mann horcht lange in den Wind, der Gesang zu ihm zu tragen scheint. Das Gelände liegt weit hinter ihnen und auch hier draußen in der nur spärlich bewachsenen Ödnis ist kein Mensch weit und breit zu sehen. Mit gespitzten Ohren versucht der Mann, die Melodie, die im Wind liegt, zu entziffern, bleibt jedoch erfolglos. Was ist das hier für ein Ort? Der Wind trägt ein Lied, das eine diffuse Erinnerung an Kindheit und Wohlgefühl in ihm auslöst und seit Stunden schon hat er den Duft seiner Mutter, den Duft warmer Lavendelblüten in der Nase. Ist ein seltsames Geruchsempfinden nicht ein erstes Anzeichen für einen

Hirntumor? Oder wird er wahnsinnig? Ist der Druck einfach zu hoch, um den Verstand noch in den für ihn bestimmten Grenzen zu halten?

Die Hündin, fidel schwänzelnd rennt sie umher, wirbelt Staub auf, den sie aus Leibeskräften niesend von sich stößt.

‚Staub', denkt der Mann, fasziniert von den durch die Luft tänzelnden Partikeln. ‚Bald sind wir alle Staub. Es ist so weit.'

Der Mann bückt sich nach der Hündin, streichelt ihr sanft den kleinen Kopf, während ihre feuchte Nase das Hosenbein des Mannes erfolglos nach Leckerchen beschnüffelt. Mit einem Ruck löst er den Karabinerhaken der schwarzen Lederleine aus der Öse am Halsband der Hündin.

„Geh. Hau ab", flüstert der Mann der Hündin zu, die ihn verständnislos anblickt. Ihre großen Knopfaugen, voller Unverständnis, schauen dem Mann ratlos entgegen und warten auf einen Befehl, den die Hündin deuten kann.

„Hau schon ab!", schreit der Mann und macht einen wütenden Schritt auf die Hündin zu. „Verschwinde! Renn so schnell du kannst, so weit du kannst! Husch!"

Die Hündin, verunsichert und ängstlich, zieht um den Mann herum kleine Kreise und versteht nicht, dass der Mann sie zu ihrem eigenen Wohl verscheuchen will. Ihren Schwanz zwischen den Hinterbeinen eingeklemmt und die Ohren dicht an ihr kleines Köpfchen angelegt, bleibt sie schließlich wenige Meter von ihm entfernt stehen. Den Kopf gesenkt, lauert sie verängstigt auf die nächste Regung des Mannes.

Wild mit den Armen um sich schlagend, rennt dieser auf die Hündin zu, schreit und tritt in ihre Richtung. „Renn weg! Hau schon ab! Ich will dich nicht, verstehst du? Verschwinde endlich!", schreit er ein letztes Mal aus Leibeskräften.

Sein Hals brennt, als der Mann bitterlich weinend zu Boden sinkt. Die Hündin harrt in ihrer kauernden Position und kriecht schließlich auf den Mann zu. Völlig verständnislos schaut sie, als sie sich vor dem wimmernden Mann in den Staub fallen lässt.

Langsam dreht sie sich, streckt dem Mann ihren Bauch entgegen und zieht ihre Beinchen an. Mit einer Geste der Unterwerfung entschuldigt sie sich, ohne zu wissen, was sie verbrochen hat.

Kaum zu erkennen sind die beiden in der Dämmerung. Der Mann kauert auf dem Boden, seine Tränen malen kleine dunkle Punkte in den Staub. Die Hündin liegt zu den Füßen des Mannes, wimmert leise und reckt ihren rosa Bauch in die Höhe. Mit weit hochgezogenen Augenbrauen beobachtet sie den Mann, dessen Verhalten sie nicht versteht.

Resigniert erhebt sich der Mann, hakt mit einem tiefen Seufzen den Karabiner wieder im Halsband ein und macht sich mit seiner Hündin auf den Rückweg zum Kosmodrom.

4 Walentina und der Lehrer

Als Flora einschläft, fühlt sie sich ganz nah bei Timo. In seine Jogginghose und ein getragenes Shirt aus dem Wäschekorb gehüllt, beides ist ihr viel zu groß, fühlt sie sich wie in einer lockeren Umarmung. Der kühle Wind, den die Sommernacht zum Fenster hineindrückt, so scheint es Flora, fühlt sich genauso an wie der flache Schlafatem von Timo.

Und während Floras Augenlider ekstatisch zucken, träumt sie von Timo, der fest ihre Hand hält. ‚Alles wird gut!', sagen seine Augen, die sie durch das Visier des Helmes erkennen kann. Hand an Hand schweben sie durchs Weltall, vollführen Salti und Drehungen in der Schwerelosigkeit. Eine Zirkusmelodie scheint aus der Ferne zu spielen. Timo zieht Flora mit sich, fliegt weiter, bis zu einem Planeten mit dutzenden Monden. Timo streckt sich und wird größer, beginnt mit drei der Monde zu jonglieren, während die heitere Melodie lauter und lauter zu werden scheint, ohne dass ein Zirkus sich nähert. Plötzlich kommt wie aus dem Nichts ein Auto angefahren, ohne eine Straße unter sich zu haben, und steuert direkt auf Timo zu. Flora, die sich nicht gestreckt hat und nicht größer geworden ist, formt einen Trichter aus ihren kleinen Händen und ruft Timo eine Warnung zu, die vom Vakuum geschluckt wird. Als der Wagen ihn trifft, schreit Flora in den lautlosen Raum. ‚Nein!', hört niemand außer ihr sie mit aller Inbrunst schreien.

Kalter Schweiß benetzt ihre Haut, als Flora mit rasendem Puls aufwacht. Ein Licht erhellt das Dunkel, es ist das Display ihres Telefons. Panisch greift sie nach dem Gerät, das einen verpassten Anruf ihrer Mutter zeigt.

Aufgelöst stapft Flora ins Bad, lässt Timos verschwitzte Kleidung von sich abfallen und duscht den Alptraumschweiß von sich. Lange sitzt sie kauernd in der Duschtasse, lässt sich von dem heißen Strahl den Rücken massieren und drückt immer wieder behutsam die Duschgelflasche, aus der ihr in kleinen Schwaden der Duft nach frisch geduschtem Timo ins Gesicht weht.

Als sie am nächsten Mittag an der Klinik ankommt, klingelt ihr Smartphone erneut und füllt ihre Handtasche mit der albernen Zirkusmelodie, die Timo ihr mal als Klingelton eingestellt hat. Flora hat damals nervös auf den Rückruf des Personalmanagers gewartet, der darüber entscheiden sollte, ob sie die Anstellung in der renommierten Textagentur bekommen sollte, für die zu arbeiten Flora seit Jahren träumte. Timo sagte, sie müsse dem Anruf den Schrecken nehmen, krallte sich das Telefon und machte die Zirkusmelodie zu Floras Klingelton. Obwohl die Absage, die sie an diesem Tag erhielt, nur eine von Vielen war, hob Flora immer wieder mit einem Schmunzeln auf den Lippen ab, wenn einer der zahllosen Personalmanager, die über ihr Schicksal zu entscheiden pflegten, sie erreichen wollte.

„Hallo Mama“, nimmt Flora den Anruf entgegen. „Ich habe gerade eigentlich keine Zeit. Ich bin gerade am Krankenhaus angekommen.“

„Das macht nichts, Flora“, sickert das verständnisvolle Säuseln ihrer Mutter wie Honig durch den Hörer. „Ich wollte nur ... ich weiß nicht, ob das fehl am Platz ist ... aber ... alles Gute zum Geburtstag?“

„Was? Bist du sicher? Das hab ich ganz vergessen. Danke, Mama! Bis bald“, beendet Flora völlig irritiert das Gespräch.

‚Ich hab Geburtstag?‘, denkt Flora verunsichert, doch die Datumsanzeige des Fons bestätigt die Aussage ihrer Mutter. Sobald die Besuchszeit vorbei ist, nimmt Flora sich vor, sollte sie unbedingt mal wieder etwas essen.

„Erinnerst du dich an den vierzigsten Geburtstag meiner Mutter? In unserem Garten hingen bunte Wimpelketten zwischen den Obstbäumen, die bereits winzige Äpfel und Birnen trugen und eine reiche Ernte prophezeiten. In der knorrigen Buche, unter der du dich wegen der harten spitzen Bucheckern nie barfuß entlang zu laufen getraut hast, war eine Lichterkette und auf der kleinen Wiese lagen unzählige bunte Decken, auf denen sich die Gäste beim Geburtstagspicknick wohlfühlen sollten.

Meine Mutter war schon Tage zuvor aufgeregt. Sie hatte sich extra für den runden Geburtstag einen neuen Haarschnitt zugelegt und das Haus von innen und außen auf Hochglanz poliert. Tagelang war sie pfeifend durch das Haus getänzelt und hatte sich auf die große Feier und all die Freunde, die sich angekündigt hatten, gefreut. Und während meine Mutter euphorisch durch das Haus wirbelte und so glücklich strahlte wie selten, schlich ich um sie herum und traute mich nicht, ihr von meiner Matheklausur zu erzählen. Wie ein Ungeziefer streifte ich durch die dunklen Ecken und Schatten des Hauses und versuchte, nicht in ihr Blickfeld zu geraten.

Sie war zwar durch die Partyvorbereitungen abgelenkt, aber trotzdem hatte ich Angst vor dem, was sie den ‚Mutterblick' nannte. Als ich klein war, hatte meine Mutter so etwas wie einen siebten Sinn dafür, wann genau ich etwas ausfraß. Bevor wir Kosmonauten wurden, saß ich oft in meinem Zimmer und spielte seelenruhig vor mich hin. Ich kaufte in meinem kleinen Kaufmannsladen ein, ich war übrigens Verkäuferin und Kundin zugleich, kochte mit den Einkäufen in meiner kleinen Spielküche und verfütterte dann alles an meine Stofftiere. Meine Mutter währenddessen machte, was Mütter halt so tun. Unbemerkt räumte sie auf, sortierte Dinge, organisierte und plante Familienausflüge, während sich für den Rest der Familie die Welt jeden Tag wie selbstverständlich drehte.

So weit, so gut. Wenn ich jedenfalls irgendetwas anstellte, das in der Heimlichkeit meines Zimmers verborgen bleiben sollte, konnte ich sicher sein, dass meine Mutter zwei Minuten später im Türrahmen stand. Manchmal fragte sie auch einfach nur am

Abendbrottisch, ob ich nicht lieber erzählen wolle, was ich da vorhin ausgefressen habe. Immer wenn ich sie nach gestandener Schuld fragte, woher sie das wisse, sagte sie das Gleiche:

‚Mütter können durch Wände gucken!'

Die Vorstellung fand ich unheimlich, wollte aber auch unbedingt ein Kind bekommen, wenn das der Preis war, den man für Superkräfte zahlte.

Einmal saß ich mit meiner Mutter auf dem Sofa, dicht in ihren Arm gekuschelt, und fragte sie, warum sie denn auch ins obere Stockwerk schauen könnte.

‚Zimmerdecken sind auch nur Wände', sagte sie süßlich, ‚Zimmerdecken und Böden, dicke Mauern oder auch mehrere Häuserwände hintereinander – Mütter können durch alles hindurchsehen.'

Erst Jahre nachdem ich ausgezogen war, als ich zu Besuch bei meinen Eltern war und mit meiner Mutter abends auf ein Glas Wein unter einem der Apfelbäume im Garten saß, erklärte sie mir, dass der Mutterblick-Mythos Blödsinn war. Dass ich immer, wenn ich etwas Heimliches in meinem Zimmer tat, unheimlich leise wurde. Statt wie sonst umher zu trampeln und mit Spielzeug zu lärmen, schlich ich und ließ keinerlei Geräusch nach außen dringen. Das war alles! Das war der Grund, weshalb sie sofort wusste, dass etwas nicht mit rechten Dingen zuging. Und mit dem Teil, dass sie auch sieht, was ich in anderen Häusern anstelle, wollte sie mir einfach nur Angst einjagen, erklärte sie mir und lachte so sehr, dass ihr Tränen die Wangen herunter kullerten.

‚Wie entgeistert du immer geguckt hast, wenn ich dir gesagt habe, dass ich Bescheid weiß, weil ich durch Wände gucken kann – dein Gesicht hättest du sehen sollen', sagte sie mit vom Lachen rotem Kopf.

Damals, kurz vor ihrem Geburtstag, als ich mit der fünf in Mathe im Rucksack nach Hause kam, glaubte ich jedenfalls noch an den Mutterblick und hatte tierische Angst davor, dass meine

Mutter Wind davon bekommen könnte. Die versemmelte Mathearbeit hatte ich bereits in der Schule in ein Stück Alufolie eingewickelt, in dem ich zuvor ein belegtes Brot transportiert hatte. In Alu eingeschlagen ließ ich die Fünf in der Tiefe des Rucksacks ruhen und hoffte, dass sie dort dem Mutterblick standhalten könne.

Manchmal frage ich mich, was aus uns geworden wäre, wenn wir deine Mutter und ihre Kosmonautengeschichten nicht gehabt hätten. Wenn sie nicht jede Gelegenheit genutzt hätte, Lebensweisheiten in Raumfahrermärchen zu verpacken, sondern so wie meine und wahrscheinlich auch die Eltern aller anderen Kinder ganz normale Kindermärchen erzählt hätte.

An dem vierzigsten Geburtstag meiner Mutter hat sie mir eine Geschichte erzählt, von der ich gar nicht weiß, ob du sie überhaupt jemals gehört hast.

Die Matheklausur, auf der eine dicke, rot eingekreiste Fünf prangte, nagte ebenso an mir wie die Tatsache, dass ich mich nicht traute, meinen Eltern mein Versagen zu beichten. Völlig frustriert backte ich meiner Mutter in eurer Küche einen Geburtstagskuchen, der eine Überraschung werden und schon im Vorhinein etwas von dem Ärger über die Mathearbeit abfedern sollte. Ich war gerade mit deiner Mutter im Garten und wir sammelten Erdbeeren für die Geburtstagsfeier meiner Mutter, als der Feueralarm in der Küche mich an den Kuchen im Ofen erinnerte, der bei unserer Ankunft nur noch ein übel stinkender schwarzer Klumpen war, ein Kohlebrikett, das in einer gewissen Endgültigkeit vor sich hin qualmte. Als ich so auf das knisternde schwarze Etwas starrte, das doch ein Kuchen und ein Stück meiner Rettung werden sollte, fing ich bitterlich an zu weinen und musste deiner Mutter beichten, dass ich die Matheklausur verhauen hatte. Dass ich unmöglich bloß wegen eines blöden Kuchens weinte, war ihr sofort klar gewesen.

Seelenruhig öffnete deine Mutter sämtliche Fenster im Erdgeschoss, nahm die Leiter aus der Besenkammer und schaltete den

Rauchmelder aus. Danach nahm sie mich mit in ihr Schlafzimmer, das immer wie ein toskanisches Lavendelfeld roch. Als wir auf der Kante ihres riesigen – für eine einzelne Person absurd großen – Bettes saßen, setzte sie zu einer der eindrücklichsten Reden an, die ich je von ihr gehört habe.

‚Wenn etwas beim ersten Mal nicht klappt, dann bedeutet das rein gar nichts. Außer, dass du es eben noch mindestens ein zweites Mal versuchen musst', sagte sie und drückte bei jeder Silbe, die sie betonte, fest meine linke Hand.

‚Weißt du, Flora, heute ist nicht nur ein besonderer Tag, weil deine Mutter Geburtstag hat. An demselben Tag, an dem deine Mutter geboren ist, am 16. Juni 1963, ist auch die erste Frau in den Weltraum geflogen.

Ich habe euch noch nie von ihr erzählt, weil es bisher nie nötig war. Bis jetzt hat ja immer alles beim ersten Anlauf geklappt und Timo und du, ihr seid gemütlich durchs Leben geflutscht. Jetzt aber ist es an der Zeit für eine kleine Lektion.'

Wissbegierig schaute ich ihr in die Augen und beantwortete damit ihren fragenden Blick, ob sie weiter erzählen solle.

‚Ich sage dir, Flora, als Frau wirst du eh so manches Mal einen zweiten oder vielleicht auch dritten Anlauf brauchen. Einfach, weil du eine Frau bist und die Welt, in der wir leben, nunmal eine Welt ist, in der Männer das Sagen haben. Vielleicht wird sich das irgendwann ändern, aber bis dahin halt dich an der Geschichte von Walentina fest.

Die ganze Welt erinnert sich an Juri Gagarin, weil er der erste Mann im Weltall war und jeder erinnert sich an Neil Armstrong, den ersten Mann auf dem Mond. Viele erinnern sich auch an Buzz Aldrin, der gemeinsam mit Armstrong zum Mond geflogen ist und direkt nach ihm, nur wenige Momente später, seine Füße auf den Mond gesetzt hat. Und immerhin anderthalb Straßen unseres Dorfes erinnern sich sehr genau an euch, die ersten Kinderkosmonauten. Aber wer erinnert sich denn an die erste Frau im Weltall? Niemand. Sogar an die Hunde erinnert man sich besser.

Darum will ich dir von Walentina erzählen, die eine atemberaubende Frau war und noch immer ist.

Walentina tat das, was man in den Fünfzigern wahrscheinlich als typischen Frauenberuf bezeichnet hätte: Sie arbeitete in einer Spinnerei. Dort war es tagein tagaus ihre Aufgabe, Stoffbahnen zurechtzuschneiden und zu bügeln. Jeden Tag schaute sie hinunter auf ihre Hände, die immer die gleiche trostlose Arbeit verrichteten, und dachte sich schon bald, dass sie diese Monotonie, gestreckt auf ein ganzes Menschenleben, schon bald sehr unglücklich machen würde. Anstatt nach ihren anstrengenden Schichten in der Spinnerei betrübt ins Bett zu fallen und auf das Klingeln des Weckers zu warten, das den Fortgang der Trostlosigkeit signalisieren würde, ging sie in die Abendschule. Tagsüber fuhren ihre Hände über Stoffbahnen, abends füllte sie ihren Kopf mit all dem Wissen, das eine Technikerin so benötigte. Wenige Jahre später verlieh man ihr das Technikerdiplom als Frucht ihrer Arbeit.

Walentina war ihrem Traum ein Stückchen näher gekommen, sie wollte nämlich Kosmonautin werden, wollte Sternenstaub schnuppern und die Erdkugel aus der Ferne bestaunen wie einen handlichen Globus. Immer und immer wieder bewarb sie sich bei der Kosmonautenschule und auf jede ihrer Bewerbungen erhielt sie wenig später eine Absage. Sie ging weiter in die Spinnerei und schrieb beharrlich Bewerbungen.

Und irgendwann, vielleicht war es die Antwort auf die elfte oder zwölfte oder hundertste Bewerbung, erhielt sie eine Zusage. Endlich durfte sie sich zur Kosmonautin ausbilden lassen und dann als allererste Frau ins Weltall fliegen. Sie hätte sich nach der ersten Absage zurücklehnen, Trübsal blasen und für den Rest ihres Lebens Stoffbahnen schneiden und bügeln können, aber genau das hat sie eben nicht getan.

Auch du darfst niemals aufgeben, wenn du etwas wirklich willst! Das ist der Schlüssel zum Erfolg. Es ist nicht wichtig, alles beim ersten Mal zu schaffen.

Es ist nur wichtig, sich davon nicht unterkriegen zu lassen. Wenn du hinfällst, dann bleibst du schließlich auch nicht liegen. Du klopfst dir den Dreck vom Knie und spazierst unbeirrt weiter. Und wenn dein Mathematiklehrer nicht an dich glaubt, dann lass ihn! Wichtig ist, dass du an dich glaubst. Weißt du, dein Mathelehrer ist ein Stellvertreter für die ganze Welt da draußen. Er glaubt nicht an dich, so wie kaum ein Mensch auf diesem Planeten an dich glauben wird – ganz einfach, weil das deine Aufgabe ist! Du musst an dich glauben!

Zwei Tage lang war Walentina schließlich im Weltraum, heute vor genau vierzig Jahren ist sie losgeflogen, als deine Mutter geboren wurde und an dich noch nicht zu denken war. Für diese zwei Tage im Weltraum, in denen ihr größter Traum wahr wurde, hat sie jahrelang gearbeitet.'

Während ihre Motivationsrede in mir nachhallte, kramte deine Mutter in einer kleinen Schachtel, die sie aus einer der Schubladen ihres Schreibtisches gezogen hatte. ‚Da bist du ja, Walentina', murmelte sie und trug ein kleines Stück Papier zu mir herüber. ‚Da ist sie, siehst du?', sagte sie und hielt mir eine kleine Briefmarke hin, auf der Walentina Tereschkowa abgebildet war. Das Bild zeigte sie in schwarz-weiß, ihre linke Hand zu einer stolzen Grußgeste gehoben und in der rechten ein buschiger Strauß Blumen. In goldener Farbe zeichnete sich hinter Walentina der Umriss eines Landes ab, außerdem standen drei kleine Buchstaben, DDR, untereinander in der oberen linken Ecke der Sondermarke. Die Marke hat deine Mutter mir an dem Tag geschenkt und ich trage sie jeden Tag in meinem Portemonnaie in einer kleinen Plastikschutzhülle mit mir herum. Wenn das kleine Menschlein in mir erst geschlüpft ist, dann werde ich es bestimmt oft zu deiner Mutter schicken, um Kosmonautenmärchen zu hören. Ich kenne die meisten zwar auswendig, aber so wie deine Mutter kann ich sie doch nicht erzählen.

Am nächsten Morgen saß meine Mutter mit zerzaustem Haar in der Küche. In einem ausgewaschenen T-Shirt meines Vaters, das wie ein alter Sack an ihren Schultern hing und der schlabberigen Hose aus grauem Baumwollstoff, die an den Pobacken ganz ausgebeult war, erinnerte nichts mehr an den Glanz des Vorabends, das Glück des Geburtstagskindes. Kreidebleich saß sie da, machte jedes Mal flehend ‚Pssst', wenn sich jemand oder etwas über die höchste annehmbare Dezibelzahl erhob, und inhalierte den Dampf ihres schwarzen Kaffees wie einen silbrigen Geist, der das Leben in ihren Körper zurückbringen sollte.

Der Moment war gekommen. Ich wollte ihre Schwäche ausnutzen und ihr meine Fünf in Mathe beichten. Wer so erpicht auf Ruhe ist, dachte ich, wird mich sicherlich nicht anbrüllen. Ich kniete mich vor ihr auf den Läufer, auf dem der Esstisch stand, legte meinen Kopf in ihren warmen Schoß und ließ mir das Haar Strähne um Strähne von ihr aus dem Gesicht streichen. Ich begann, bitterlich zu weinen und presste meine Beichte stotternd hervor. Das Grau der Schlabberhose sog sich mit meinem Tränen und dem, was aus meiner Nase floss, zu dunklen Flecken voll.

‚Ich weiß, Flora, ich weiß', flüsterte sie. Mehr nicht. Sie hob meinen Kopf von ihren Beinen, raffte sich auf und nahm bedächtig zwei kleine Teller aus dem Küchenschrank. Auf jeden der Teller legte sie ein Stück der übrig gebliebenen Geburtstags-Pfirsichtorte und frühstückte wortlos mit mir. Danach hatte ich nie wieder Angst, beim ersten Mal zu scheitern. Vor dem Mutterblick fürchtete ich mich noch lange.

Du, du solltest auch nicht beim ersten Mal aufgeben. Vielleicht brauchst du ja mehrere Anläufe, um aufzuwachen. Ich habe keine Ahnung, ob und wie es sich anfühlt, im Koma zu liegen. Auch die Erfahrungsberichte, die ich so im Internet gefunden habe, erzählen ja ganz unterschiedliches.

Ich stell mir das Koma vor wie einen Schlittschuhunfall. Ganz plötzlich brichst du ein, das Eis unter deinen Füßen trägt dich nicht mehr und du sinkst tiefer und tiefer, das Gewicht deiner Kleidung zerrt dich erbarmungslos bis auf den Grund. Vielleicht bist du einfach sehr tief unter der Wasseroberfläche und siehst kaum noch das Licht über der Oberfläche scheinen, aber hör niemals auf zu suchen! Auch, wenn du irgendwo ganz tief unten auf dem Grund zwischen Seetang, neugierigen Fischen und versunkenen Stiefeln sitzt, irgendwo ist ein Loch in der Eisschicht auf der Oberfläche des Sees, das verspreche ich dir. Hörst du mich?"

Stille erfüllt den Raum, in dem Flora niemand eine Antwort auf ihre Frage gibt. Enttäuscht sitzt sie lange da, schaut auf den schlafenden Körper, der sich von einem Schädel-Hirn-Trauma und einem Oberschenkelbruch erholt und von dem sie nicht weiß, ob er jemals wieder aufwachen und der Mensch sein wird, der er war, bevor dieser verdammte Wagen ihn so völlig unerwartet aus dem Leben geschleudert hat.

„Ich gehe jetzt", flüstert Flora in den kleinen Raum. „Ich bin morgen wieder da. Pünktlich. Wie immer."

Den Blick wie immer an den Boden geheftet, schiebt sich Flora in Richtung des Ausganges der Station, als plötzlich zwei ausgetretene Birkenstock-Latschen in ihr Blickfeld geraten und den Weg versperren. Die Latschen sind klein und lassen auf einen ebenso kleinen Körper an ihrem anderen Ende schließen. Flauschige weiße Tennissocken bedecken die Knöchel und gehen in eine indigoblaue Stoffhose über. Kaum wagt Flora, ihren Kopf zu heben, wollte sie doch die Station so schnell wie möglich verlassen. Flüchtig streift ihr Blick einen grazilen Frauenkörper, der sich unter der blauen Hose und einem sackartigen Oberteil im gleichen Farbton abzeichnet. Ein weißes Schildchen ziert die linke Brust des Körpers, darauf ist ‚Schwester Iris' zu lesen. Neben dem Namen leuchtet ein mit Filzstift aufgemalter roter Smiley, der seine Mundwinkel weit in die Höhe reckt.

„Eine schöne Idee war das neulich mit der Musik. War das Elton John? Das war doch Elton John, oder? *Rocket Man*?", sagt eine hohe, beinah kindlich anmutende Stimme von oberhalb des Schildes.

Endlich im Gesicht der Schwester Iris angekommen, begutachtet Flora den goldblonden Bauernzopf und schließlich die dezent geschminkten blauen Augen.

Mehr als ein „Mhm“ kann sich Flora nicht entringen und so entscheidet Schwester Iris sich für einen fröhlichen Monolog.

„Es ist so schön, dass Sie jeden Tag herkommen und erzählen. Die Patienten wissen das zu schätzen. Auch, wenn sie nicht direkt hören, was um sie herum passiert, spüren sie, dass jemand an ihrer Seite ist, der sie liebt und für sie da ist.“

Flora lässt ihren Kopf sinken, um das Augenrollen, das sie nicht verhindern kann, zumindest vor Schwester Iris zu verstecken. Genug Plattitüden und Allgemeinposten hat sie in den letzten Tag gehört und gelesen.

„Aber eben auch solche Reize wie Musik sind für Koma-Patienten ganz, ganz wichtig. Stellen Sie sich vor, Sie sind ein Leuchtturm für jemanden, der nicht sehen kann und auch nicht so richtig weiß, dass er ein bestimmtes Ziel hat. Vielleicht hilft Ihnen das ein bisschen“, monologisiert Schwester Iris fröhlich vor sich hin, während sie vergeblich Blickkontakt sucht.

Floras Blick fixiert die kleine goldene Kette an dem schmalen Hals der Schwester. Ein kleines goldenes Kreuz hängt daran, eingerahmt von nussfarbenen kleinen Sommersprossen. Frisch poliert sieht es aus, das goldene Kreuzchen.

Das Leuchtturmbild gefällt Flora. Sie stellt sich die kleine Krankenschwester als Predigerin hinter einem Altar vor. Das Kirchenschiff, von tausenden Kerzen ausgeleuchtet, taucht Schwester Iris in ein sakrales Licht. In einer unförmigen blauen Robe gestikuliert sie raumgreifend und faselt vom Lebensschiff, stürmischen Gezeiten, Leuchttürmen und dem sicheren Hafen. Ein geschlechtsloses Puttenkind unterdessen schwirrt durch den Raum und schwenkt eine Weihrauchschale, aus seinem flatternden Nachthemd schauen zwei rosige nackte Arschbacken heraus.

„Sie könnten es ja auch mal mit Düften probieren.“

„Weihrauch“, flüstert Flora kaum hörbar.

Schwester Iris runzelt die Stirn und entscheidet sich dafür, ihren Monolog, ihre Predigt, unbeirrt fortzuführen.

„Sie kennen das bestimmt, dass Düfte uns manchmal geradezu in eine andere Welt katapultieren. In eine Welt, die wir für längst vergessen geglaubt haben. Ich habe das auch schon seiner Mutter empfohlen, seitdem bringt sie Lavendel mit."

Plötzlich schaut Flora der kleinen Schwester tief in die fröhlichen blauen Kulleraugen und wundert sich, dass sie selbst noch nicht auf diese wunderbare Idee gekommen ist.

„Danke für den Tipp", sagt Flora matt und verlässt, die kleine aber standfeste Schwester Iris umschiffend, die Station. Auf dem Weg zu ihrem Fahrrad stellt sie sich vor, wie Schwester Iris ihr nachsieht, sich bekreuzigt und ein stummes Gebet in den leeren Himmel schickt.

5 Die Augen

Noch lange liegt der Mann in dieser Nacht wach. Auf der viel zu harten Matratze wälzt er sich stundenlang von links nach rechts, doch wieder zurück und schüttelt unzählige Male sein flaches Kissen neu auf. Seine Hündin, das falsche Weißchen, ist bei den anderen Kosmonautenhunden im Zwinger. Ihre letzte Nacht verbringt sie dort. Morgen früh um sieben Uhr soll die Rakete starten, die die Raumkapsel in der sie sitzen wird, auf eine Erdumlaufbahn befördern soll.

Schon viele Hunde sind in Kapseln gestiegen. Sie alle sind gestorben. Dennoch schickt man Woche um Woche wieder Hunde hinauf in den Himmel, in verbesserten Kapseln, mit ausgefeilteren Sicherheitssystemen. Denn eines Tages wird es so weit sein und ein Hund wird diese Reise überleben. Und sobald dieser Tag gekommen ist, wird man Menschen ins Weltall schicken. Sie werden ferne Planeten erkunden, sich das Sonnensystem zu eigen machen und mit Geschichten auf den Lippen zurückkehren, die uns davon berichten werden, was dort draußen in der Dunkelheit ist, unter der wir uns Nacht um Nacht winzig klein und unbedeutend fühlen.

Der Mann weiß, dass in der Wissenschaft Opfer gebracht werden müssen. Jede Errungenschaft hat einen Preis, der für sie gezahlt werden muss. Aber wissen und fühlen sind für ihn heute zweierlei Dinge, die kaum weiter auseinanderliegen könnten. Was er fühlt, ist Schuld. Er ist derjenige, der die kleine Hündin ihrer Freiheit beraubt, sie an die Leine gelegt hat.

Erpresst hat er sie mit zweitklassigen Brühwürsten. Hätte er doch wenigstens die hochpreisigen Qualitätswürste für sie gekauft! Jemanden, der augenscheinlich seit Wochen hungert, mit Nahrung zu erpressen, das ist kein sehr edler Zug.

Er war auch derjenige, der die Hündin hierher gebracht hat, zum Kosmodrom. Was hier mit ihr geschehen würde, das wusste er doch schon, bevor er sie angelockt hat. Dennoch haben seine Hände ihn und die Hündin festen Griffes durch das Land gelenkt, hinter dem Lenkrad des schwarzen Wolgas, dessen Inneres nach Leder und Gummierung roch.

Dass er mit der Schuld, die schwer auf ihm lastet, nicht leben müssen will, das hat er viel zu spät gemerkt. Aber so ist es ja meistens.

Es dämmert bereits, der Horizont liegt grünlich auf dem weiten Land, als der Mann in einen kurzen und traumlosen Schlaf fällt. Bereits wenige Minuten, nachdem er endlich eingenickt ist, klingelt der Wecker ihn zurück in die bittere Realität. Der Tag ist gekommen, heute wird die Rakete starten. Es ist so weit.

In der schmalen Küchenzeile findet der Mann etwas Kaffee, den er sich aufbrüht. Den Duft von Kaffee, den Duft nach einem gemütlichen Sonntagmorgen auf dem Sofa, mit einem Buch oder der Sonntagszeitung, hat er vermisst, mehr noch als den leicht bitteren Geschmack des belebenden Kaffees.

Als er den letzten Rest der braunen Brühe aus dem Becher geschlürft hat, schlüpft er in Hemd und Hose und macht sich auf den Weg zum Zwinger, in dem die kleine Hündin nichts von ihrem Schicksal ahnt. Die Luft ist kalt und hinterlässt mit jedem Atemzug einen brennenden Schmerz in den Atemwegen des Mannes. Hastig schreitet er zwischen den Betonbauten hindurch, die verschlafen daliegen und wirken, als seien sie seit Jahren unbewohnt. Am Zwinger angekommen, entdeckt der Mann das falsche Weißchen, das bereits am Maschenzaun steht und wild schwänzelt, als es ihn erblickt.

Es gibt Wege, die beschritten werden müssen, und so schreitet der Mann das System aus schlecht beleuchteten Gängen entlang, seine kleine weiße Hündin im Schlepptau, bis er in den Anproberaum gelangt. Die Soldatin, aufgekratzt wie immer, begrüßt die beiden mit ihrer überschwänglichen Freude.

„Na guten Morgen, kleine Schönheit! Hast du gut geschlafen? Heute ist er endlich da, dein großer Tag! Du wirst Raumfahrtgeschichte schreiben. Wenn alles so läuft, wie wir uns das vorstellen, wirst du eine der ersten Hündinnen sein, die lebendig aus dem All zurückkehren."

„Eine der Ersten?", fragt der Mann verwundert.

„Aber ja, habe ich das etwa gar nicht erwähnt? Weißchen wird nicht alleine auf die Reise gehen. Pfeilchen wird sie begleiten. Aber sein Sie unbesorgt! Die beiden haben sich im Zwinger ganz wunderbar verstanden, das kann ich Ihnen versichern", trällert die überschwänglich fröhliche Soldatin im Tonfall einer Kindergärtnerin, während sie der Hündin in den maßgefertigten Skaphander hilft. Sie schließt den Reißverschluss, klatscht frenetisch in die Hände und freut sich, dass das falsche Weißchen schon wie eine richtige Heldin aussieht.

„Pfeilchen ist auch schon drüben. Wollen Sie sie rüber zur Kapsel bringen? ", fragt die Soldatin verständnisvoll.

„Ehm, ja. Natürlich, gerne", sagt der Mann und kann sich nichts vorstellen, wogegen er sich mehr sträuben könnte.

„Na wunderbar! Gehen Sie einfach den Gang rechts entlang, immer geradeaus. Sie können die Tür nicht verfehlen!"

Der Mann nimmt die Hündin in dem intensiv leuchtenden Skaphander, tritt auf den Flur und schließt hinter sich die Tür, die ihn endlich von der irritierend gutgelaunten Soldatin trennt.

Vor ihm liegen zwei Möglichkeiten. Er kann die Hündin in dem festen Bewusstsein, dass sie bereitwillig mit sich machen lassen wird, was auch immer der Mann von ihr verlangt, zur Kapsel führen. Dort wird man sie in die Raumkapsel setzen und mit ledernen Riemen anschnallen, so dass sie auch in der Schwerelosigkeit gut gesichert ist. Man wird die Kapsel verschließen, sie hinaus zum Startareal tragen und wird die Kapsel in den dafür vorgesehenen Raum im oberen Bereich der Trägerrakete einspannen. Die Rakete wird starten. Die Hündin wird zu den Sternen reisen und sehr wahrscheinlich werden die Sensoren zunächst eine erhöhte Körpertemperatur und einen rasanten Puls messen. Später werden die übermittelten Messwerte, so ist es sehr wahrscheinlich, keinen Zweifel am Tod der beiden Tiere lassen. Und der Mann wird zurückbleiben, wird aus dem Bullauge der Kapsel zu sehen sein und mit der wachsenden Entfernung immer kleiner werden. Und mit der wachsenden Entfernung wird auch sein Schuldgefühl immer größer werden.

Anstatt auf dem Flur rechts abzubiegen und die kleine Hündin zur Kapsel zu führen, könnte er allerdings auch links abbiegen. Am linken Ende des Flurs liegt die Tür zum Hinterhof. Von dort aus könnte er zusammen mit ihr zu seinem Wolga schleichen. Sie könnten den Wagen starten und in einem rasanten Manöver den Zaun durchbrechen, um wie vor nur wenigen Tagen gemeinsam auf Reisen zu gehen. Auf Reisen, an deren Ende nicht die Tragödie stünde. Sie könnten Glück haben, denkt der Mann. Vielleicht hat gerade der Wächter Dienst, der die beiden neulich empfangen hat. Der Wächter, in dessen Augen Tränen standen, als er erzählte, dass sein Hund gerade erst gestorben war und der auf Anhieb einen Narren an der kleinen Hündin gefressen hatte. Sicherlich wird er Verständnis dafür haben, dass der Mann seine wunderschöne, fragile, kleine Hündin, die ja auch überhaupt nicht das echte Weißchen ist, retten muss.

‚So ein Unsinn', denkt der Mann. ‚Ich hatte so viel Zeit, mich zum späten Helden zu machen.' Dass er den Zaun tatsächlich mit dem Wagen durchbrechen kann, wie wahrscheinlich ist das denn? Und wie soll er es bis dorthin schaffen? Es muss hier Wachen geben, deren Augen ihn ihm Blick haben, auch wenn er außer dem Wächter und der Soldatin eigentlich niemanden hier gesehen hat.

Er hat sich in eine ausweglose Situation manövriert, dieser Erkenntnis muss er sich endgültig stellen. Er setzt die Hündin auf dem graumelierten Boden ab und begibt sich mit ihr zur Tür.

Die Türklinke glänzt, ebenso das Metall um das Schlüsselloch herum. Er schaut seiner schwitzig-kühlen, zittrigen Hand zu, wie sie sich auf die Klinke zu bewegt und sie schließlich herunterdrückt. Sein Blick wandert von der Klinke zu seinen Füßen. Zwischen seinen schwarzen Lederhalbschuhen sitzt die kleine Hündin und schaut freudestrahlend zu ihm auf. Ihr fusseliger weißer Schwanz, der aus dem Skaphander herausschaut, fegt auf dem Boden hin und her. Ihre Augen glänzen arglos und voll bedingungsloser Hundeliebe. Sie ahnt nichts von der Entscheidung, die vor allem für sie Konsequenzen haben wird, aber außerhalb ihrer Macht liegt.

Entschlossen zieht der Mann an der Klinke und betritt mit der Hündin im Schlepptau den hellen Raum, in dem ein ältlich wirkender Laborant in weißem Kittel ihn begrüßt.

„Ach, da sind Sie ja endlich! Weißchen, mein Gutes, mein Liebes, rein mit dir in die Kapsel", bittet er die weiße Hündin und nimmt sie vom Boden auf, um sie in die Kapsel zu manövrieren. In der zylinderförmigen Kapsel sitzt, bereits angeschnallt, Pfeilchen. Eine ebenso kleine Hündin mit braunen Flecken auf hellem Fell. Aufgeregt beschnuppern sich die beiden Hündinnen, die einträchtig nebeneinander in der kleinen Blechdose sitzen. Mit wenigen geübten Griffen schnallt der Laborant Weißchen mithilfe der Lederriemen in der Kapsel an. Der Mann sieht Weißchens Blick über die Schulter des Laboranten, der wie eine Frage den Raum erfüllt. Warum?

Die Kapsel macht keineswegs den Eindruck, auch nur der geringsten Herausforderung standzuhalten. Ohne dem Mann Raum für einen Abschied zu geben, nimmt der Laborant die Luke und schraubt sie mit mehreren Muttern dicht zu. Als sie fest verschlossen ist, bittet der grauhaarige Laborant den Mann, ihm beim Tragen der Kapsel behilflich zu sein. Stumm treten die Männer mit der Kapsel durch den Flur zum Hinterausgang, legen einige Meter zurück, bis sie zur Trägerrakete gelangen. An der linken Seite der riesigen Rakete befindet sich ein hohes Gerüst mitsamt einem Aufzug, der, ehe der Mann einen letzten klaren Gedanken fassen kann, auch schon die Kapsel in die Höhe befördert, wo Monteure sie im oberen Teil der Rakete verstauen. Keine Abschiedsworte, keinen letzten Blickkontakt gab es zwischen Weißchen und dem Mann. Völlig verwirrt von dem Chaos in sich und der Geschwindigkeit, mit der hier plötzlich alles vonstattengeht, hat der Mann es tatsächlich verpasst, sich von der kleinen Hündin, der Streunerin, dem falschen Weißchen, zu verabschieden. Wenige Momente später klettern die Monteure bereits herunter von ihrem dünnbeinigen Gerüst und ermahnen den Mann zur Vorsicht. Gemeinsam mit dem Laboranten schieben sie den Mann, der noch immer ungläubig zur Rakete hinauf schaut, in sichere Distanz.

„Nein, nein, neinneinnein, noch nicht ... ich hab doch ... einen Moment ...", stottert der völlig aufgelöste Mann, während die Monteure ihn hinter die Sicherheitsabsperrung schieben.

Sekundenlang starren sie alle, die Köpfe in ihre Nacken gelegt, zur Rakete. Ein lauer Wind weht und hoch am Himmel ziehen kleine Vögel ihre Bahnen, auf der Suche nach Insekten. Es duftet nach frisch geschnittenem Gras, obwohl sämtliche Vegetation hier vertrocknet ist. Als der Mann sich gerade über den Frühlingsduft zu wundern beginnt, startet unter tosendem Lärm die Rakete, in der seine kleine Hündin sitzt. Der Antrieb der Rakete ist heiß und furchtbar hell. Eine riesige Staubwolke bildet sich unterhalb der Rakete, die erstaunlich langsam in die Luft abhebt. Die Emission des Antriebs ist das hellste Licht, das der Mann jemals gesehen hat und so leuchtend, dass es einen stechenden Schmerz durch seinen Sehnerv bis tief ins Gehirn sendet. Er starrt in das grelle Licht und kann es nicht fassen. Er starrt und starrt und das falsche Weißchen ist weg. Für immer.

6 Heuduft und eine Zitrone

Geradezu beflügelt öffnet Flora die Haustür, legt ihre Handtasche auf die Kommode am Eingang und lässt ihre Schuhe von sich abfallen wie ein Baum sein welk gewordenes Laub. Auf dem Sofa schaut sie sich noch einmal das Ultraschallfoto an, das ihre Frauenärztin ihr vorhin ausgedruckt hat. In dem zum Fenster hereinfallenden Sonnenlicht tanzen Staubkörner, als wären selbst sie aufgeregt, das Foto zu sehen. Ein kleiner Mensch ist darauf zu sehen, oder zumindest ein Beinahemensch. Man erkennt erstaunlich viel, obwohl Floras Bauch erst leicht konvex ist. Man sieht den Kopf, ein Ohr und die Nase im Profil. Außerdem ist da ein dickes kleines Bäuchlein, zwei Arme und zwei Beine. Ein kleiner Mensch wohnt in ihrem Bauch. Ein winziges, sieben Zentimeter langes Menschlein. „Das ist in etwa die Länge einer Zitrone", hatte die Gynäkologin fröhlich erklärt, als sie das Ultraschallgel von Floras Bauch wischte.

Ihr Bäuchlein versteckt Flora in kunstvollen Täuschungsmanövern unter luftigen Blusen und weiten Tops. Die Nachbarn, die Zeugen des Unfalls waren oder später durch den Buschfunk über die Tragödie in Kenntnis gesetzt wurden, schauen sie jeden Tag mitleidig an, nicken ihr stumm zu und tuscheln anschließend hinter vorgehaltener Hand. Noch mehr Tratsch- und Mitleidsmaterial will sie dem sensationsgierigen Volk nicht gönnen.

Wäre Timo jetzt hier, würden all die Informationen über die Zitrone aufgeregt aus ihr heraus sprudeln. Endlich würde sie ihm das erzählen, was sie ihm eigentlich mit einer Eiswaffel in der Hand bei einem Spaziergang offenbaren wollte. Er würde mit ihr vor Freude auf dem Sofa herumspringen wie früher, wenn der Boden aus Lava war. Er würde laut mit ihr lachen, seine Hand auf ihren Bauch legen und eine seiner berühmten

Altherrenweisheiten von sich geben. Stolz würde sie ihm erzählen, dass sie für das zitronengroße Etwas in ihrem Bauch bereits einen Namen hat. Luna, wie der Mond. Wie sonst sollte eine Kosmonautentochter heißen. Venus wäre jedenfalls zu albern. Timo würde applaudieren, das für eine großartige Wahl halten und aus dem Haus stürmen. Eine halbe Stunde später würde er mit einer Flasche Kindersekt in der Hand, einem bunten Partyhütchen auf dem Kopf und einer Tröte im Mundwinkel wieder auftauchen und auf die kleine Zitrone namens Luna anstoßen wollen.

Fasziniert von dem Profil des kleinen Menschleins auf dem Foto hängt Flora ihren Gedanken nach. Je länger Timo im Koma liegt, desto mehr Szenarien spielen sich in ihrem Kopf ab. Dass Timo nicht wieder aufwachen wird. Dass er wieder aufwacht und nicht mehr er selbst ist. Dass er aufwacht und sich nicht so wie sie über die kleine Zitrone freut. Dass sie ihn völlig falsch einschätzt und er die Zitrone nicht will.

Als sie eine Welle der Verzweiflung heranrollen spürt, entscheidet Flora sich, die dunklen Gedanken heute nicht gewinnen zulassen. Heute steht Zuversicht auf dem Programm, so hat es ihr schließlich auch die Krankenschwester empfohlen.

‚Ob die kleine Zitrone meinen Stress wohl spürt? Kann man mit knapp sieben Zentimetern Körperlänge schon traurig sein? Was ist, wenn wir alleine sein werden, die Zitrone und ich? Wie zur Hölle soll ich das schaffen?‘, geistern die Fragen wie düstere Schatten durch Floras Kopf.

Entschlossen geht Flora in die Küche, nimmt sich die große Kräuterschere aus der Schublade und einen weißen Stoffbeutel aus einem Korb und geht hinaus in den Garten, wo sie sich von der zarten Spätsommerbrise die Schatten aus dem Kopf pusten lässt. Achtsam schneidet sie ein paar dicke Büschel Gras aus dem mähbedürftigen Rasen, der nur in den schattigen Bereichen dem glühenden Sommer standhalten konnte, und legt sie in den Beutel. Sie nimmt einen tiefen Atemzug Heuduft aus dem Baumwollbeutel und knotet ihn an den Henkeln zu. Vor dem Spiegel im Flur bleibt sie kurz stehen, zückt den Lippenstift aus ihrer Handtasche und zeichnet mit dem tiefroten Stift ihre Lippen nach. Ein kleines Symbol, dass sie noch längst nicht aufgegeben hat und es auch niemals in Frage kommen wird.

Bereits eine knappe Stunde später steht Flora mit dem nach frisch geschnittenem Gras duftenden Beutel vor dem Krankenzimmer. Sie atmet tief ein, sammelt all die Fragmente ihres Optimismus zu einem Bündel und bereitet sich auf den Anblick hinter der schweren Tür vor, der sie jedes Mal wie ein Fausthieb in die Magengrube trifft.

„Mein Lieber. Da bin ich wieder. ‚Pünktlich wie ein Uhrwerk!', würdest du jetzt sagen. Ich hab dir eine Kleinigkeit mitgebracht. Hier, schnupper mal!", sagt sie und legt den zugeknoteten weißen Stoffbeutel, gefüllt mit frisch geschnittenem Gras, auf Timos Brust ab. Flora zieht sich den metallenen Besucherstuhl dicht an das Bett heran, streichelt das reglose Bein ihres besten Freundes und beginnt zu erzählen.

„Pass auf! Heute habe ich eine Geschichte ohne Rakete, dafür aber mit gesetzlosen Kindern, grasfressenden Monstern und sogar ein lebensbedrohliches Blutvergießen ist dabei. Ich glaube, es war 1995. Vielleicht '96. Ich hatte gerade mein neues Fahrrad bekommen, das rote mit der orangefarbenen Fahne am Hinterrad und den bunten Reflektoren zwischen den Speichen, die beim Fahren immer so gerasselt haben. Wir sind den schotterigen Waldweg entlang des Flusses zu der Scheune gefahren, zu der uns deine Mutter und meine Eltern verboten hatten, zu fahren.

Am Ende der Häuserreihe in der Straße, in der wir lebten, war das Dorf zu Ende. Hier wurde der Asphalt zu einer zweispurigen Schotterpiste für Trecker, in deren Mitte ein Grünstreifen lag. Jedes Jahr blühte auf diesem Grünstreifen grellpinker Klee, dessen Blüten wir ausrupften, um den zuckersüßen Nektar aus ihnen heraus zu saugen.

Wenige Meter hinter dem letzten Haus unserer Straße, noch in Sichtweite der Meiers, die dort wohnten, stand eine riesige alte

Linde. Bis zu der Linde durften wir fahren, aber keinen Meter weiter. Das war die Grenze unserer Welt. Weißt du noch, wie wir in dem Wohnzimmer meiner Eltern saßen und ihnen und deiner Mutter hoch und heilig mit Hand auf der Brust schwören muss, dass wir niemals, wirklich nie-nie-niemals, ohne ihr Beisein weiter als bis zu dieser Linde fahren würden?

Die Scheune kannten wir nur von gemeinsamen Radtouren und Spaziergängen mit Eltern und wir waren in meiner Erinnerung schon immer unfassbar neugierig darauf, was sich wohl hinter dem von der Witterung dunkel und rau gewordenen Holz verbergen mochte. Das werde ich mir übrigens für mein Mutterdasein merken, dass alle Kinderversprechen, selbst mit der Hand auf dem Herz getroffen, und das noch so große schlechte Gewissen nicht das Geringste ausrichten können gegen unbändige Kinderneugier.

Die knappen drei Kilometer von der dicken Linde bis zum Zaun waren schnell zurückgelegt. Links von uns lag der Nadelwald, in dem die großen Kinder sich gerne zum Rauchen versteckten und Hütten bauten, in denen sie vor elterlichen Blicken geschützt wasauchimmer taten. Die Sonne stand bereits niedrig und so warf der Nadelwald einen tiefdunklen Schatten auf den Forstweg. Die linke Spur und der pinke Klee lagen bereits im Schatten, aber die Hälfte der rechten Spur lag noch in der Sonne. Wie in Trance fuhren wir in exakten Schlangenlinien über den Umriss des Schattens, der über der ruckeligen Piste lag. Die kleinen Steinchen knisterten unter dem strammen Gummi unserer Fahrradreifen und meine orangefarbene Fahne schwang aufgeregt im Wind, als ich mich umdrehte, um die Linde in einiger Entfernung zu erspähen.

Als wir endlich an dem Gatter zur Weide angelangt waren, mussten wir nur noch die Kuhweide überqueren, um zu der Scheune auf der anderen Seite der Wiese zu gelangen. Einen Augenblick lang hatten wir echte Skrupel. Noch konnten wir umdrehen.

Die zerkratzte Kinderuhr an meinem schmalen Handgelenk zeigte, dass es kurz vor fünf war. Bei den Meiers war allerdings frühestens um sieben jemand zu Hause, der bemerken konnte, dass wir die magische Lindengrenze überquert hatten.

Wie Schwerverbrecher versteckten wir unsere Fahrräder hinter einem Busch und krochen unter dem Stacheldrahtzaun hindurch, an dem du mit deinem Shirt hängenbliebst. Abertausende kleine Löcher zierten deinen schmalen Kinderrücken und zeigten deine unversehrte Haut darunter. Ob und falls ja, wie du das deiner Mutter erklärt hast, das weiß ich bis heute nicht.

Kaum waren wir auf der anderen Seite des Zauns, wurde ich panisch, weil die Kühe auf der Weide sofort angestürmt kamen. Als zusammengeschweißte Herde trotteten sie aufgeregt heran. ‚Ach, die wollen bloß mal schauen, wer da zu Besuch kommt!', spieltest du die Brisanz der Situation herunter und hattest wie so oft recht. Die im Vergleich zu unseren fragilen Kinderkörpern riesigen Rinder reihten sich neugierig vor uns auf, trippelten unentschlossen zwischen Angst und Neugier vor und zurück und schnauften aufgeregt.

Wenige Minuten später fraßen sie uns dankbar und erstaunlich zutraulich ausgerupftes Gras aus den Händen. Ich kann noch immer ihre rauen Zungen und ihren schweren warmen Atem auf meinem Unterarm spüren.

Als die Neugier und der Appetit der Kühe gestillt waren, zogen sie weiter zu dem schmalen Fluss, der ihre Weide durchquerte. Sie tranken Wasser, kühlten ihre dürren Beinchen und lagen anschließend in der Sonne herum, als hätten sie Urlaub.

Ungestört machten wir beiden uns also auf den Weg zu der Scheune. Im Augenwinkel beobachteten uns ein paar der Kühe, als wir ihre Weide und schließlich die kleine metallene Brücke, die über den Flusslauf führte, überquerten.

Vor der Scheune standen dutzende dieser in weiße Folie gerollten Strohballen, die pyramidenartig in drei Etagen aufgeschichtet waren. Hier und da schaute ein dicker Strohhalm aus der aufgeplatzten Folie heraus. Wir kletterten an den süßlich duftenden Folienballen hoch und konnten durch ein Fenster in das Scheuneninnere schauen, wo sich ein geparkter Mähdrescher, Heuballen und an der Wand aufgehängte Werkzeuge befanden. Dieses Abenteuer hatten wir uns wohl abenteuerlicher vorgestellt. Wenn ich mir das Innere der Scheune in meiner Fantasie ausgemalt hatte, war es immer eine Rakete gewesen, die darin nur darauf wartete, von uns in den Weltraum gesteuert zu werden. Na, hast du es gemerkt? Jetzt ist es doch keine Geschichte ohne Rakete. Manchmal fallen mir die Details nun mal erst beim Erzählen ein. Wie kleine Muscheln, die mit der Gischt an den Strand gespült werden.

Etwas enttäuscht von der raketenlosen Scheune kletterte ich von den Strohballen herunter. Von dem untersten Strohballen sprang ich herunter in einen kleinen Heuhaufen, der sich darunter befand. Ich hatte gehofft, sanft von dem Heu aufgefangen zu werden, doch durchzog ganz plötzlich ein stechender Schmerz meinen linken Fuß. Erschrocken schrie ich auf und wagte es erst Sekunden später, an meinem Bein zu dem vor Schmerzen pochenden Fuß hinunter zu schauen. Als ich es schließlich doch wagte, meinen Blick zu senken, sah ich die Zacke einer Heugabel oben aus meinem Stoffschuh ragen. Panisch schrie ich deinen Namen und musste mit einem Brechreiz kämpfen. Ich riss, so fest ich nur konnte, an meinem schmerzenden Fuß, der sich unerwartet problemlos von der Heugabel lösen ließ. Hatten unsere Eltern etwa gewusst, dass der Bauer, dem diese Scheune gehörte, unordentlich war und seine Heugabeln gerne sonstwo herumliegen ließ? Gerne auch mal mitten in einem Heuhaufen, wo sie garantiert niemand vermuten würde?

‚Ganz ruhig! Lass uns erst mal schauen, wo genau die Verletzung ist', oder etwas Ähnliches sagtest du seelenruhig und führtest mich auf deine Schulter gestützt zu der kleinen Brücke, die über den Flusslauf führte. Auf der Brücke legte ich mich hin wie eine Kriegsgefallene, während du mir Schuh und Socken auszogst. Ich fühlte mich wie eine Heldin, für eine edle Sache auf dem Feld gefallen und nun der Ohnmacht nah.

‚Pff, die Zehen sind noch alle dran!', schmettertest du mir entgegen und ich war fast enttäuscht, dass alles an diesem Tag so undramatisch war. Auch die Kühe blickten nur müde herüber und käuten träge etwas wieder.

Als ich meinen Fuß begutachtete, stellte ich fest, dass die Zacke sich zwischen vorletztem und kleinem Zeh durch den Fuß gebohrt hatte und zum Glück kein Knochen im Weg gewesen war. Das Loch sah ein bisschen aus wie die roten Vampirbissspuren in Filmen, blutete aber im Gegensatz dazu wie verrückt.

Um Linderung und Reinigung bemüht, setzte ich mich an das Geländer der Brücke und hielt ich den verletzten Fuß in die kühlende Strömung des Flusses. Immer, wenn ich den Fuß aus dem Wasser hob, tropfte das Blut weiter und weiter, die Blutung wollte einfach nicht versiegen. Meine Armbanduhr zeigte, dass es bereits nach sechs war. Meine Mutter erwartete mich also in einer halben Stunde am Abendbrotstisch. Wie der Fernseher es uns beigebracht hatte, legten wir einen Verband an, indem wir meine Socke auf Höhe des Heugabelloches fest um den Fuß knoteten. Bis zum Zaun hüpfte ich, um dort den Sockenknoten zu lösen und erst die Socke anzuziehen und anschließend den Schuh darüber zu stülpen.

Obwohl ich meinen Herzschlag ganz deutlich in der Wunde spürte, blutete der Fuß nur noch schwach in meine Socke, als wir ohne erwischt zu werden nach Hause fuhren. Als du in eure Einfahrt radeltest, riefst du mir noch ein ‚Gute Besserung!' zu und warst auch schon hinter der feinblättrigen Buchsbaumhecke verschwunden, die euer Grundstück einfasste.

Ich habe mir beim Abendessen nichts anmerken lassen und bin danach gleich hoch in mein Zimmer gerannt, um die Wunde zu begutachten. Die Wunde blutete zwar nicht mehr, aber da war nun mal ein Loch in meinem Fuß. Ich hatte in dieser Nacht unglaubliche Angst davor, dass sich mein Fuß entzünden würde, und war mehr als erleichtert, als ich am nächsten Morgen wieder aufgewacht bin und der Fuß weder geschwollen noch eitrig war.

So wie der Stoffbeutel, der auf deiner Brust liegt, so hat dieser Tag gerochen. Nach wilder Wiese. Nach der verbotenen Scheune voller Heu. Unser wilder Ausreißertag, an dem uns eine achtlos liegengelassene Heugabel lehrte, dass die Vorsicht unserer Eltern nicht immer unbegründet war. Eine Erkenntnis, die wir beide niemals zugegeben hätten.

Meinen Eltern habe ich nichts von der Verletzung erzählt. Sie hätten nach dem Unfall gefragt und ich hätte ein fallsicheres Lügennetz spinnen müssen, was nicht gerade zu meinen Stärken zählt.

Als sie mich an unserem Ausreißerabend ins Bett brachte jedenfalls, schimpfte meine Mutter noch mit mir, was mir eigentlich einfiele, mit einem so unsäglich dreckigen Fuß ins Bett zu gehen und dass ich den morgen früh gefälligst sofort waschen solle. In dem schwachen Schein meines Nachtlichtes konnte sie zum Glück nicht erkennen, dass es sich nicht etwa um getrockneten Schlamm oder anderen Dreck, sondern um verkrustetes Blut handelte.

Vor Jahren habe ich die Geschichte dann meinen Eltern erzählt, weil ich dachte, sie könnten bestimmt darüber lachen. Konnten sie nicht. Gefühlte Ewigkeiten haben sie geschimpft, wie leichtsinnig und naiv ich doch schon immer gewesen sei und dass mit meinem Fuß sonstwas hätte passieren können. Infektionen, Entzündungen, Amputationen. Sie haben wirklich alle Register gezogen. Und ich dachte, solche Dinge verjähren zu Anekdoten, die man dann irgendwann jedes Jahr zu Weihnachten erzählt, wenn alle angetrunken beisammensitzen. Pustekuchen."

Und während Flora von der noch immer leicht erhabenen Narbe an der Unterseite ihres Fußes erzählt, spielt ihre linke Hand mit Timos Fuß. Ihre Finger gleiten über die Sohle, als wollen sie ihn wach kitzeln. Floras Finger gleiten von Zeh zu Zeh über die feinen Rippen der Sockenstrickstruktur.

Lebendig wie ein Tagtraum tanzt die Erinnerung vor ihrem inneren Auge. Das saftige Grün der Weide, die roten Tropfen ihres Blutes, das in der Strömung des Flusses davon gespült wird und das Summen der fetten Fliegen, die sich an den Kuhfladen gütlich tun. In ihrer Nase liegt der Duft des frisch geschnittenen Grases.

Als sie zu dem Säckchen mit dem Heu auf Timos Brust aufschaut, bemerkt sie seine offenen Augen. Die Lider öffnen und schließen sich wie in Zeitlupe, blinzelnd starrt Timo an die Zimmerdecke. Erschrocken springt Flora auf, kann ihren Augen keinen Glauben schenken und beugt sich dicht über Timo, als würde die Überraschung aus der Nähe glaubhafter werden. Langsam rollt sein Blick herüber zu ihr. Er schaut sie an. Schaut ihr reglos in die Augen. Schaut. Schaut! Mit offenen Augen, die sich bewegen.

Floras Hals brennt, als der Zweifel von ihr abfällt. Timo ist wach und schaut sie an. Nach jedem Zwinkern öffnen seine Augen sich wieder und sein Blick starrt ihr fest in die ungläubigen Augen. Fast sieht er erschrocken darüber aus, dass er sich in dieser Situation befindet, findet Flora.

Timo ist verwirrt und versteht nicht so recht, wo genau er sich eigentlich befindet. Wo ist die kleine weiße Hündin? Warum war der Raketenstart so über alle Maßen grell? Gab es etwa eine Fehlfunktion an der Zündeinheit? Wo ist Weißchen? Hat sie überlebt?

All diese Fragen türmen sich in seinem schmerzenden Schädel zu einem viel zu hohen Berg auf. Sein Denken, langsam und träge wie ein zäher Brei, wälzt durch die Hirnwindungen und versucht verzweifelt, Anhaltspunkte zu finden. Zu verstehen, warum er hier in diesem seltsamen Raum liegt, umgeben von furchteinflößenden Gerätschaften. In seinem Mund entdeckt er den ekligsten Geschmack, den er jemals schmecken musste und eine Zunge, die zu schwer, um sie zu heben, daliegt, mit dem Rest des Mundes zu einer undefinierbaren Masse verschmolzen.

Über ihm ist Flora, mit hollywoodhaft verschmiertem Make-up, das wie dunkelgraue Wolken unter ihren geröteten Augen hängt.

‚Warum ist Flora eigentlich hier? War sie etwa schon die ganze Zeit in Baikonur? Wie komme ich denn auf Baikonur?', sind nur einige der seltsamen Fragen, die sich unbeantwortet in seinem Kopf zu stapeln beginnen.

Zu hoch wird der Turm aus Fragen für nur einen Kopf. Aber irgendwie hat Timo das Gefühl, das alles hier, dieses heillos verworrene Knäuel fremdartiger Gedanken in seinem Hirn, könnte mit dem Regen zusammenhängen und der einen Sache, an die er sich einfach nicht erinnern kann.

Auch Flora wird übermannt, von wortloser Freude. Darüber, dass Timo seine Augen aufgeschlagen hat und sie tatsächlich anzusehen scheint. Dicht gefolgt wird diese kurze Freude von unbändiger Angst, die sich wie ein dickes Seil um Floras Brustkorb legt und sie bis zur Übelkeit einschnürt.

Dass Timo aufwacht, das war ihre Hoffnung. Doch nun holt die Angst die Hoffnung ein. Die Angst davor, dass er wach ist und sich nicht erinnert. Wer er ist, wer sie ist, was war und was ist. Sie kennt das alles doch aus Filmen. Da wachen Leute auf und erinnern sich nicht mehr, wer und warum sie sind.

Heiße Tränen rollen Flora aus den Augen, mit denen sie Timos verwirrten Blick zu deuten versucht. Ihr Hals kratzt wund und der Hall ihrer eigenen Stimme klingt ihr schrill in den Ohren.

„Schwester!", schreit sie immer wieder, immer lauter, mit all der Kraft, die in ihrem Körper steckt. „Schwester! Schwester! Schwester!"

TEIL 3

Vom Reden und Schweigen, Leben und Träumen

Wenn man das Haus meiner Mutter betritt, fällt der Blick unweigerlich auf die Treppe, die nach oben führt. Stufen aus dunkel gebeizter Buche winden sich wie ein glänzender Bohrstab in das Obergeschoss, in dem jahrelang mein Zimmer lag. Unzählige Sommer bin ich die Treppe barfuß hinauf und hinabgelaufen und hab die Kühle des harten Holzes unter meinen Fußsohlen genossen. Unzählige Winter bin ich mit den Wollsocken, die meine Mutter mir gestrickt hat, über das Holz gerutscht. Meine Hände, fest um das Treppengeländer geschlossen, waren mein einziger Halt.

In die andere Richtung dreht sich die Treppe in die düstere Tiefe des Kellers. Ich habe in meinem Leben viele Keller gesehen und sie allesamt sind ungepflegt und unordentlich, meist voller Staub, Spinnen und abgelegtem Plunder, den kein Mensch mehr will und braucht. Auf den Keller meiner Mutter trifft all dies nicht zu. Es gibt drei Räume dort unten. In einem Raum steht die Heizungsanlage, und im Winter auch die Fahrräder, im Sommer stand dort früher mein Holzschlitten mit den rostigen Kufen.

In einem Raum steht die Waschmaschine und zwischen den Wänden spannt sich eine blaue Wäscheleine, an der stets ein paar vergessene Wäscheklammern baumeln. Auf einem niedrigen Tisch, den meine Mutter zum Falten der Wäsche benutzt, lagen, als ich noch bei ihr wohnte immer ein paar weiße Kugeln – mitgewaschene Taschentücher, die ich vergessen hatte, aus meinen Hosentaschen zu nehmen.

Im hintersten Raum sind entlang der Wände metallene Industrieregale aufgestellt, in denen sich fein säuberlich aufgereihte Archivkisten aus braunem Pappkarton befinden.

In der obersten Reihe, selbst vor dramatischsten Überschwemmungen geschützt, stehen die wichtigsten Kisten. Ihre Beschriftungen verraten, dass sie Bankunterlagen, Verträge und andere wichtige Dokumente beinhalten, die man zwar nie benötigt, aber nun mal auch nicht wegwerfen kann.

Dicht aneinandergeschmiegt stehen die Kisten dort oben im Regal, mit einer hauchfeinen Staubschicht bedeckt. Auf einer dieser graubrauen Pappkisten steht, in der Handschrift meiner Mutter, mein Name, Timofej. Darunter befinden sich, getrennt durch einen schnurgeraden Strich, zwei Jahreszahlen: 1989 und 1992. In der schweigsamen Dunkelheit des Kartons, verborgen unter dem staubbenetzten Deckel, liegen unzählige Papierbögen. Auf diesen Blättern befinden sich krakelige Kinderbilder, gefertigt mit Wasserfarben, Wachsmalern und Buntstiften. All diesen Bildern ist nicht nur gemeinsam, dass ich sie während meiner Zeit im Kindergarten angefertigt habe. Sie alle verbindet das gleiche Motiv: Raketen.

Raketen in einem blau angedeuteten Weltraum. Raketen von quietschgelben Sternen eingerahmt. Raketen im Moment ihres Starts, stolz in den Himmel gereckt mit einer rotgelben Flamme unter sich.

Seit ich denken kann und wahrscheinlich auch davor schon, hat meine Mutter mir Kosmonautengeschichten erzählt. Wie ein Geschenk, fest und akkurat in mein schweres Federbett verpackt, lag ich abends da, während meine Mutter auf der Bettkante saß und unermüdlich erzählte.

Die schokoladenbraunen Rollladen verdunkelten helle Sommerabende, der warme Schein des Nachtlichts in der Steckdose neben meinem Bett tauchte meine Mutter in Honig und ließ ihre harten Gesichtszüge unendlich sanft werden. Und obwohl ich gespannt lauschte und die Neugier mich Abend um Abend schier zerriss, bin ich beinah jede Nacht eingeschlafen, bevor die Geschichte zu Ende erzählt war.

Mit dem Kosmonautenmärchen des Vorabends im Kopf stapfte ich jeden Morgen die steinernen Treppenstufen des Kindergartens hinauf, legte meine kleine Kinderhand auf die große kalte Türklinke, öffnete unter Einsatz all meiner Kräfte die schwere hölzerne Tür und betrat meine bunte Kinderwelt. Am Gehweg ließ ich meine Mutter zurück. Ich drehte mich von der Tür aus noch einmal zu ihr um und sah, wie sie mir mit einer Hand zuwinkte und mit der anderen Hand ihren Fahrradlenker hielt. Dort, hinter der schweren hölzernen Tür, fertigte ich all die Bilder, die nun in besagtem Karton schlummern.

Die meisten Raketen haben ein Fenster, das dem Betrachter Einblick in die Raumkapsel am oberen Ende der Rakete gewährt. Immer sind es zwei, die dort sitzen. Zwei gleich große Figürchen aus Strichen und Kreisen.

Woher meine Mutter all diese Kosmonautengeschichten nahm, das habe ich sie nie gefragt. Meine Angst, dass eine Trivialität die Magie meines Raumfahreruniversums zerstören könnte, war zu groß. Stattdessen ließ ich sie eine mystische Welt aus Nebeln um mich herum aufbauen, die ich nur selten in Frage stellte. Die allabendlichen Märchen unbekannter Herkunft waren nur eine Facette dieses Nebels. So gerne meine Mutter Geschichten erzählte, so gerne schwieg sie über anderes.

Würde mich jemand fragen, wo meine Heimat ist, würde ich eine Karte Deutschlands zur Hand nehmen. Ich würde die Spitze meines Zeigefingers auf eine grüne Stelle im Westen Deutschlands legen, die sich durch nichts als ihre Abgeschiedenheit von sämtlichen eingezeichneten, nennenswerten, Orten auszeichnet. Ich würde von einem winzigen Dorf inmitten unendlicher Wälder und Getreidefelder schwärmen, deren Ähren sich lässig im Wind wiegen. Ich würde von unzähligen Seen erzählen, über deren Oberflächen im Sommer Steine hüpften und auf deren Eisschicht im Winter Schlittschuhkufen weiße Narben hinterließen. Und ich würde das Schiefergestein in den Steinbrüchen erwähnen, in denen wir spielten, bis die großen Kinder uns verscheuchten, um Molotowcocktails in die kargen Steinschluchten zu werfen. Einige Einwohner des Dorfes, das sich für mich stets wie mein Zuhause anfühlte, würden mein Schwärmen mit Argwohn hören.

Ich erinnere mich an einen heißen Sommernachmittag kurz vor meiner Einschulung. In dem Lebensmittelladen im Dorfzentrum, in dem ich meine Pfennigstücke in Schaummäuse und Brause-UFOs zu investieren pflegte, hatte ich morgens gehört, wie sich zwei gesichtslose Männerstimmen auf der anderen Seite des Süßigkeitenregals über die Bisamratten unterhielten, die am Fluss lebten. Angeblich waren sie riesig und gefährlich und hatten damit all meine Neugier. „Wenn eine Bisamratte einmal zugebissen hat, lässt sie nicht wieder los, bis sie tot ist", hatte einer der Männer gesagt, woraufhin der Andere staunend jauchzte. Auch ich war erstaunt und wollte nichts lieber, als dieses martialische Riesenungeziefer aus nächster Nähe zu sehen.

Ich fuhr mit meinem Fahrrad zu der Brücke, die den Verkehr über den Flusslauf führte, der das Dorf wie eine Ader durchzog. Mein Fahrrad ließ ich auf dem schmalen Gehweg liegen, duckte mich unter dem Metallgeländer hindurch und kletterte an den Natursteinen, die das steile Ufer befestigten, hinab.

Der schwere glühende Sommer hatte seine Spuren hinterlassen und den ohnehin schon schmalen Fluss auf die Hälfte seiner Breite geschrumpft. Zufrieden saß ich unter der Brücke zwischen den rundgewaschenen Kieselsteinen des getrockneten Flussbettes. Es war so kühl dort unten. Ich glaubte, jeden

Moment meinen Atem als weiße Wölkchen aufsteigen sehen zu können. Das gemächliche Plätschern des Flüsschens klang unter der Brücke wie klirrende Gläser. Die Unterseite der Brücke hatte feine Risse, an deren Enden kleine weiße Tropfsteine hingen. Als ich eine dicke schwarze Spinne neben einem der Tropfsteine entdeckte, wandte ich meinen Blick angewidert ab und sah in einigen Metern Entfernung zwei Jungen zu mir herüberkommen. Einen von ihnen, den Großen, kannte ich. Er hieß Janis und war in unserer Straße als versierter Sadist bekannt.

Einmal hatte er die Kinder mit Schneebällen terrorisiert, die er akribisch geformt, mit Wasser beträufelt und auf dem Fenstersims seines Zimmers gefrieren lassen hatte. Die Erinnerung an die schmerzhaften steinharten Eiskugeln ließ mich zusammenzucken.

„Wen haben wir denn da? Den Bananendieb aus Dunkeldeutschland!", warf mir der namenlose Kompagnon entgegen, während die beiden mich einkesselten.

„Was wollt ihr von mir?", hörte ich meine hohe Kinderstimme verängstigt stammeln. Die beiden, ihre Gesichter von blindem Hass zu Fratzen verzerrt, kamen näher und näher.

„Was wir von dir wollen? Dass du dich verpisst! Zurück in deinen gottverdammten Osten, wo du herkommst. Und zieh die scheiß Mauer wieder hoch, wenn du drüben bist! Was wollt ihr eigentlich hier, du und deine Alte?", pöbelten sie und schubsten mich an den Schultern gegen die Steinwand hinter mir.

Ich versuchte, ihnen zu erklären, dass ich sie nicht verstand, aber sie äfften mich bloß nach und blieben mir eine Erklärung schuldig. Mit quietschenden Stimmen imitierten sie mich, „Ich versteh nicht! Ich versteh nicht!", während sie auf mich einschlugen. Ich hörte ihre Stimmen wie durch Watte, als ihre Fäuste immer wieder schwungvoll in meinen wehrlosen Körper einschlugen.

Ich wunderte mich, dass ihre Schläge nicht von den typischen Prügelgeräuschen begleitet wurden, die ich aus Spielfilmen und Cartoons kannte. Stattdessen hörte ich lediglich, wie sich mit jedem Aufprall eines Schlages ruckartig und mit einem lauten

Seufzen meine Lunge leerte. Ich wehrte mich nicht, sondern sank an dem kühlen Gestein entlang langsam auf den Boden und versuchte, den Schmerz auszuhalten, ihm standzuhalten. Ich war lächerlich klein und meine Arme viel zu schmal, um die beiden abwehren zu können. Ich wartete, bis die beiden entkräftet oder gelangweilt von mir ablassen würden. Bis es so weit war, dauerte es lange. Sie verloren schnell an Kraft und wechselten sich ab. Einer schlug, der andere verschnaufte.

Während ich in dem ausgetrockneten Flussbett lag und eine Lektion darüber erhielt, wie viel Schmerz ich aushalten kann, sah ich die Spinne an der Brückenunterseite, die vor der Darbietung floh. Wimmernd steckte ich Faustschlag um Faustschlag ein. Janis und der Fremde droschen abwechselnd auf mich ein, dabei beschimpften sie mich als Ossi, Dunkeldeutschen, Bananendieb und Russenficker. Als sie endlich mit mir fertig waren, spuckten sie auf das schmerzvoll zitternde Bündel, das sie aus mir gemacht hatten, und spazierten fröhlich pfeifend entlang des dürren Flussbettes davon. Noch lange blieb ich dort liegen, lauschte dem beruhigenden Plätschern der zarten Strömung und wünschte mir, die Spinne käme zurück.

Mein schmutziger Zeigefinger drückte später kaum sichtbar den runden Klingelknopf, unter dem unser Nachname, als schwungvolle Buchstaben in ein metallenes Schildchen eingraviert, prangte. Als meine Mutter die Tür öffnete, fing sie zuerst an zu schreien, dann folgten die Fragen. Wer das gewesen sei. Was passiert sei. Wer mir das angetan hatte. Warum ich nicht endlich Namen nenne. Stumm wie ein Fisch schaute ich sie an und fütterte sie mit ihrer eigenen Medizin. Ich schwieg.

Sie trug mich ins Badezimmer, zog mich aus, stellte mich in die Badewanne und hockte sich zu mir. Die späte Sonne fiel zum Fenster herein und wärmte meinen Rücken, als meine Mutter den braunen Schwamm mit den großen Löchern behutsam über meinen Körper gleiten ließ. Die Luft roch nach Pfirsich und Vanille und am Wannenrand standen bunt glänzende

Plastikboote, die heute nicht den feinporigen Badeschaumozean durchqueren würden. Ich hielt mich an der kalten Duschstange fest, als meine Mutter meine dürren Beine einschäumte und beobachtete Tränen, die ihr Gesicht herunterwanderten. Sie wuschen das Schwarz aus ihren Wimpern, trugen es mit sich und hinterließen krakelige Striche aus verdünnter Tinte auf ihren Wangen. Schwarze Wasserperlen hielten sich kurz an ihrem spitzen Kinn fest und ließen sich schließlich in die Tiefe fallen.

„Es gibt keine Bisamratten am Fluss, das ist ein Gerücht", sagte ich irgendwann kaum hörbar.

„Was zur Hölle sind Bisamratten?", fragte meine Mutter mit zusammengezogenen Augenbrauen, die eine Falte zwischen sich aufwarfen, und schlug mich in ein riesiges weiches Badetuch ein.

Als ich abgetrocknet und in das weiche Frottee meines Schlafanzuges gehüllt im Bett lag, fragte ich meine Mutter, warum die Jungen, deren Namen ich ihr nicht nannte, mich beschimpft hatten. Was lag im Osten und warum glaubten sie, dass ich dort herkäme?

Meine Mutter ließ die Rollläden herunter, legte sich zu mir ins Bett, schaltete meine Nachttischlampe aus und zog auch das Nachtlicht aus der Steckdose. Ihr Atem klang, als würde sie immer wieder zu einem Satz ansetzen, ihn hin und herdrehen und dann wieder fallenlassen. Gemeinsam schauten wir in den aufgeklebten Nachthimmel aus Leuchtsternen an meiner Zimmerdecke und sie sagte, es sei nicht wichtig, wo ich herkäme, sondern nur, wohin ich gehen würde.

So einfach machte sie es sich. Ich wollte insistieren, auf eine Antwort bestehen. Wollte einwenden, dass selbst Juri Gagarin in der Geschichte, die sie mir so oft erzählt hatte, zurückblickte auf die Erde, von der er gekommen war. Meine Augenlider aber waren schwer und ich zu kraftlos, um Antworten zu verlangen. Ich schlief an diesem Abend schnell ein. So schnell, dass meiner Mutter nicht einmal Zeit blieb, eine Kosmonautengeschichte zu erzählen.

An der Seite meine Mutter klaffte, solange ich mich erinnern kann, eine Leerstelle, über die sie niemals mit mir sprach. Oft sah ich andere Kinder im Dorf oder war manchmal auch bei ihnen zu Besuch, und stellte schnell fest, dass zwei Eltern, eine Mutter und ein Vater, der Normalzustand sind. Dass wir zu zweit, und damit die kleinstmögliche Familie waren, störte mich nie. Dennoch stellte ich mir Fragen darüber, warum meine Mutter allein war und ob sie ihr Alleinsein als Mangel wahrnahm.

Kein Foto in den Alben meiner Mutter gab je Aufschluss über jemanden, der mich mit ihr gezeugt haben könnte. Es gab Fotos meiner Mutter mit Freunden, mit ihren Eltern und mit einem runden Bauch, in dem ich heranwuchs. Es gab Fotos, wie sie mich stillte, wusch, wiegte oder mit mir spielte. Ein Foto, wie sie mit jemandem Arm in Arm an meinem Bett stand oder ein Foto wie jemand ihren prallen Bauch liebkoste, gab es nicht. Ebenso wenig gab es den kleinsten Hinweis darauf, wer die Person hinter dem Auslöser war und all diese Fotos geschossen hatte.

Zu fragen, wer der Unbekannte war, wagte ich nur ein Mal. Viele Jahre hatte ich zu viel Angst, meine Mutter könnte sich von der Frage beleidigt fühlen. Sehr lange Zeit fürchtete ich, sie könnte denken, ich frage sie nur deshalb nach meinem Vater, weil sie mir nicht genüge.

Einmal war ich allein zu Hause, ich war vielleicht zehn oder elf Jahre alt, schätze ich. Meine Mutter war bei einer Elternversammlung in der Schule und hielt mich endlich für alt genug, um ein paar Stunden alleine im Haus zu sein. Es war ein nasser Tag im Spätherbst und bereits früh dunkel. Der Wind peitschte um das Haus und Äste tanzten in der Dunkelheit vor dem Fenster wie Dämonen, die um Einlass baten. Von meiner lebhaften Fantasie eingeschüchtert, schlich ich die Wendeltreppe hinauf, schaltete sämtliche Lampen im Obergeschoss an und machte es mir im Schlafzimmer meiner Mutter gemütlich, wo ich neugierig die Schubladen eines alten Apothekerschranks durchstöberte. Neben Schmuck, einer Schublade bis zum Rand gefüllt mit Ersatzknöpfen und Briefen von Menschen, die ich nie kennengelernt habe, fand ich eine kleine hölzerne Schatulle, deren Deckel mit Schnitzereien verziert war, die mich an ein Mandala erinnerten. Als ich vorsichtig den Deckel der Schatulle hob, fand ich darunter ein zusammengefaltetes Foto und darauf einen schmalen goldenen Ring mit einem eingefassten grünen Stein, vielleicht ein Smaragd.

Das Foto zeigte das Gesicht eines jungen Mannes mit sorgsam zurechtgelegten dunklen Locken. Seine Gesichtszüge deuteten ein mildes Lächeln an und die Spitzen des Schnurrbartes über seinem Mund zeigten leicht nach oben. Die kleinen Fältchen in seinen Augenwinkeln deuteten an, dass er oft und gern lachte. Der fröhliche Mann schaute mir aus der Fotografie heraus direkt in die Augen. Seine Kiefer- und Wangenknochen zeichneten sich unter der ebenen Haut deutlich ab. In der Mitte des schwarzweißen Gesichts verlief ein weißer Strich, der durch das wiederholte Knicken der Fotografie entstanden war und die Ecken krümmten sich, als wäre das Foto lange in einem Portemonnaie oder einer Hosentasche durch die Welt getragen worden.

Aufgeregt trug ich das Foto mit mir in das Badezimmer zwischen dem Zimmer meiner Mutter und meinem Kinderzimmer. Vor dem Spiegel hielt ich das Foto neben mein Gesicht und suchte vergeblich nach Ähnlichkeiten. Mit einem schwarzen Stift aus dem Schminketui meiner Mutter malte ich mir einen Schnurrbart auf, der dem Bart des fremden Mannes ähnelte. Lange verglich ich einzelne Gesichtspartien. Augen, Nase, Mund.

Plötzlich hörte ich den Schlüssel, der sich knirschend in das Schloss der Haustür bohrte. In Windeseile sprang ich in das Schlafzimmer meiner Mutter, faltete die Fotografie, legte sie zurück in die Schatulle, ließ die Schatulle lautlos in die Schublade gleiten und schloss sie sanft. Ich löschte das Licht im Schlafzimmer, als ich es verließ und rannte in mein Zimmer, wo ich auf dem Boden Matchbox-Autos und Plastikdinosaurier um mich drapierte, so als hätte ich die ganze Zeit über alleine hier gespielt. Als meine Mutter hoch in mein Zimmer kam, brach sie in schallendes Gelächter aus, weil ich noch immer einen aufgemalten Schnurrbart trug.

Später brachte sie mich ins Bett, erzählte mir eine Kosmonautengeschichte und schloss die Tür leise hinter sich, als sie mich schlafend wähnte. Ich lag in dieser Nacht noch lange wach und dachte an den fremden Mann, der meinem Gesicht – mit und ohne Bart – nicht im geringsten ähnlich sah. Es war jedoch ein anderer Gedanke, der mich schließlich aus dem Halbschlaf zurück ins Wachsein riss. In der Hektik hatte ich einen Fehler begangen und die Fotografie einfach in die Schatulle gelegt. Als ich sie geöffnet hatte, hatte der Ring oben auf der gefalteten Fotografie gelegen, nun lag er darunter. Einige Tage später nutzte ich eine Gelegenheit, um meinen Flüchtigkeitsfehler auszubessern. Das Wasser im Badezimmer plätscherte, während meine Mutter duschte.

Ich schlich in ihr Zimmer, nahm die Schatulle aus der Schublade, öffnete sie und sah den goldenen Ring mit dem grünen Stein oben auf der Fotografie liegen. Schuldbewusst kroch ich zurück in mein Zimmer und gab mein Bestes, meiner Mutter an diesem Tag möglichst nicht in die Augen sehen zu müssen. Sie wusste von meiner Neugier ebenso wie von meinem Fund. Sie wusste von meiner Vermutung, dass der Fremde auf der Fotografie an meiner Zeugung beteiligt gewesen sein könnte, immerhin hatte sie meinen aufgemalten Bart gesehen. Aber niemals setzte sie sich zu mir an die Bettkante und redete mit mir über meinen Vater und warum er nicht existierte. Immer erzählte sie Kosmonautengeschichten.

Am Tag meiner Einschulung waren die Flecken, welche die fremden Fäuste auf meinem Körper hinterlassen hatten, bereits gelb. Von Blau und Violett zu Grün hatten sie sich einmal durch den Regenbogen gearbeitet. Ich hatte ihnen zugeschaut, wie ihre Farben verblassten, je weiter das Ereignis unter der Brücke in die Vergangenheit rückte.

Am Frühstückstisch erwartete mich meine Mutter. Sie hatte ein Geschenk für mich, eine riesige Schultüte, auf der Raketen, Sternschnuppen und Planeten abgebildet waren. Daneben stand ein Tornister, bespannt mit dunkelblauem Stoff, auf dem kleine gelbe Sterne, Sternschnuppen und bunte Planeten leuchteten. Zum Frühstück gab es arme Ritter mit dem selbstgemachten Himbeergelee meiner Mutter, in das der Geschmack dieses Sommers eingekocht war.

Nachdem ich den letzten Schluck Kakao aus meiner Tasse gesaugt hatte, der wie immer eine dunkle Spur Kakaopulver in der Tasse hinterließ, rannte ich ins Badezimmer, um meine Zähne zu putzen. Ich fühlte mich bereit für die Schule. Ich würde mutig sein, so wie Laika und Juri. Würde vielleicht sogar etwas über diesen Osten lernen und warum man Menschen von dort verprügelte.

Gut versteckt unter einem unbequemen grauen Anzug, den meine Mutter mich zu tragen gezwungen hatte, trug ich die gelb gewordenen blauen Flecken mit mir in die Schule. Den riesigen Schulranzen auf dem Rücken und die schwere Schultüte in der Hand fühlte ich mich winzig klein, als würde der hässliche Bau, den ich gerade betrat, mich für immer unter seinem betongrauen Gewicht vergraben.

In dem Raum, der meiner Klasse zugeteilt war, leuchteten grelle Neonröhren die fremden Gesichter aus. Meinen Mut hatte ich irgendwo auf dem Weg ins Klassenzimmer verloren. Ich hatte panische Angst, ebenso gut ausgeleuchtet zu sein. Bestens illuminiert würden sie alle mich sofort erkennen, den Bananendieb aus Dunkeldeutschland, dem man die Andersartigkeit aus dem Leib heraus prügeln musste.

Hätte meine Mutter mich nicht kraftvoll in den Raum hineingeschoben, wäre ich wahrscheinlich niemals hineingegangen. Verschüchtert setzte ich mich an einen der leeren Tische und wurde von der Klassenlehrerin begrüßt, die mich bat, ein Namensschild zu basteln.

Verträumt malte ich eine Rakete neben meinen Namen und wünschte mir nichts sehnlicher, als darin zu sitzen und allein durch das Weltall zu steuern.

Plötzlich sprach mich das Mädchen am Nachbartisch an und wollte wissen, was es mit der Rakete auf sich habe. Dieses Mädchen, Flora, ist seit diesem Tag nicht von meiner Seite gewichen.

Als sie das erste Mal mit zu mir nach Hause kam, wischte sie sich ihre kleine dreckige Hand an der Latzhose ab, die sie fast jeden Tag trug, und stellte sich meiner Mutter mit einem burschikosen Handschlag vor. In den Jahren nach diesem Handschlag hörte sie jede Kosmonautengeschichte, die das umfangreiche Repertoire meiner Mutter hergab. Dass meine Mutter diese Geschichten erzählte, um über andere Dinge schweigen zu können, sagte ich Flora nie und vergaß es beinah selbst.

Wenn ich an Flora denke, dann denke ich noch immer an sie als das kleine Mädchen mit der Latzhose, dem strubbeligen Haar, das in sämtliche Himmelsrichtungen abzustehen pflegte und ihre kleinen, meist klebrigen Finger, unter deren Nägeln sich schwarz der Schmutz abzeichnete.

Einmal saß ich mit Flora in einem Apfelbaum im Garten ihrer Eltern. Stundenlang saßen wir im kratzigen Geäst, rupften Äpfel von den Ästen und ignorierten die Bauchschmerzen, die uns die Unmengen saurer Äpfel bescherten. Irgendwann fragte ich Flora, was sie über den Osten wisse.

„Geht da nicht die Sonne auf?", fragte sie, biss in den roten Apfel in ihrer Hand und ließ sich nach hinten fallen. Mit um den Ast gelegten Beinen baumelte sie kopfüber an dem Baum, ihr langes Haar erinnerte mich an Zuckerwatte. Ich war mir sicher, dass sie ansonsten nichts über den Osten wusste und auch nicht, dass im Osten irgendetwas lag, das ein Grund war, mich zu verprügeln. Ich sprach nie wieder mit ihr über Himmelsrichtungen.

Gegenüber meiner Mutter fiel es mir zunehmend schwerer, keine Fragen zu stellen, obwohl ich wusste, dass sie ohnehin bloß mit Märchen antworten würde.

Ich weiß nicht mehr genau, wann meine Mutter und ich auseinandergedriftet sind. Ich war 14 oder vielleicht auch schon 15 Jahre alt. Ich hatte in der Bibliothek eine Kurzgeschichte von Ray Bradbury gelesen, in der es um eine Familie in einem Zukunftsszenario geht. Der Vater, er ist Raumfahrer, lässt seine Familie immer wieder zurück und zerstört sie damit. Während Mutter und Sohn bei jeder Rückkehr des Vaters hoffen, dass das seine letzte Reise gewesen ist, kann der Vater nicht anders, als aus seinem kleinen Leben heraus in den Sternenhimmel zu schauen. Das Fernweh treibt ihn immer wieder von seiner Familie weg. Sobald er dann im Weltall ist, tut er nichts als auf die Erde hinunter zu schauen und sich vom Heimweh quälen zu lassen.

Als ich die Geschichte gelesen hatte, stellte ich mir vor, dass auch mein Vater ein Raumfahrer war und auch sein Fernweh die Familie, die wir einst gewesen sind, zerstört hat. Es war an der Zeit, meine Mutter zum Reden zu bringen. Ich wollte endlich Antworten auf die Fragen, die sie mir all die Jahre nicht beantwortet hatte, und war wild entschlossen, endlich Erklärungen von ihr einzufordern. Ich wollte, dass sie mit mir über meinen Vater redete. Sie sollte mir erklären, warum er nicht da war und ich nie etwas über ihn hatte erfahren dürfen. Und ich wollte wissen, warum selbst die prügelwütigen Kinder irgendwelcher Dorfbewohner besser über meine Herkunft Bescheid wussten, als ich es tat.

Mein Herz pochte wild vor Aufregung, als ich in der Küche saß und darauf wartete, dass meine Mutter nach Hause kommen würde. Die Uhr über dem Herd tickte verlässlich im Sekundentakt, während mir vor Anspannung Schweißperlen die Wirbelsäule hinunter krochen.

Beinahe eine Stunde lang saß ich da und beobachtete, wie das Licht des Tages zu farbarmer Dämmerung wurde und sich die grünen Büsche vor dem Küchenfenster in bedrohlich wirkende Scherenschnitte verwandelten, die an menschliche Silhouetten erinnerten.

Dann hörte ich endlich den Wagen meiner Mutter vorfahren und auf dem kiesbedeckten Streifen gegenüber des Hauses parken. Sie schlug die Autotür zu, ihre harten Absätze klapperten über den Gehweg und kamen immer näher. Als ich den Schlüssel in der Haustür verschwinden hörte, fühlte ich die erste Schweißperle an der Schläfe hinab rinnen und sah sie wie einen ersten Regentropfen, der ein baldiges Gewitter ankündigt, auf dem hautfarbenen Birkenfurnier des Küchentischs aufschlagen.

„Was ist denn mit dir los? Ist was passiert? Du bist ja kreidebleich", fragte meine Mutter mit besorgter Stimme, als sie zur Küchentür hereinkam.

Ich zog eine zerknitterte Deutschlandkarte unter dem Tisch hervor, auf der ich jedes einzelne der neuen Bundesländer dick mit einem roten Filzstift umrandet hatte.

„Brandenburg. Mecklenburg-Vorpommern. Thüringen. Sachsen-Anhalt. Sachsen. Ost-Berlin", sagte ich und zeigte auf das jeweilige rot eingerahmte Fleckchen Land. Erblasst ließ meine Mutter sich auf den knarzenden Holzstuhl am anderen Ende des kleinen Esstischs fallen und wartete darauf, dass ich meine Inszenierung fortsetzte.

„Welches ist es?", fragte ich und schob die Karte zu ihr herüber. Mein Magen krampfte schmerzhaft und meine Hand zitterte. Die schwitzigen Finger konnte ich kaum von dem Papier der Karte lösen.

„Welches ist was? Timofej, was ist los mit dir?"

„Was mit mir los ist?", blaffte ich in einem Ton zurück, den ich bis dahin nicht von mir kannte. „Ich habe dir eine Frage gestellt und warte auf eine Antwort. Beschreib mir den Osten, aus dem wir kommen. Wo liegt er und warum sind wir nicht mehr dort?"

Mit weit aufgerissenen Augen starrte sie mich über den Tisch hinweg an, während die Küchenuhr unbeirrt vor sich hin tickte und meine Mutter ihr Schweigen zu einem unendlichen Warten erwachsen ließ.

„Es ist unwichtig, Timofej“, sagte sie irgendwann mit weinerlicher Stimme, Tränen standen in ihren Augen. „Es gibt Menschen, die anderen Menschen wehtun. Und für diese Menschen, denen immer wieder Schmerzen zugefügt werden, ist es irgendwann besser, zu gehen. Dann ist es nicht mehr wichtig, woher sie kommen, weil sie diesen Ort verlassen haben. Wichtig ist dann nur noch der Weg, der vor ihnen liegt“, tönte ihre schwächliche Stimme, die das Weinen hörbar unterdrückte.

Säuberlich faltete sie die Landkarte zusammen, nahm sie und stieg die Wendeltreppe hinauf. Oben hörte ich, wie sie leise ihre Schlafzimmertür schloss.

Mein gesamter Körper brannte vor Anspannung und in meinem Bauch wuchs eine unfassbare Wut heran, die ich herausließ, indem ich herumstehende Gegenstände gegen die Küchenwand warf, wo sie zerschellten. Eine zerbrochene Eieruhr, einzelne Geschirrstücke und eine gesplitterte Vase mitsamt einem zerrupften Blumenstrauß lagen auf dem Boden, als ich stampfend die Treppe ins Obergeschoss nahm. Ich stand im Flur vor dem Zimmer meiner Mutter und taxierte jedes Detail der Schlafzimmertür, hinter der sie sich vor mir versteckte. Die golden glänzende Türklinke, die feine Maserung der weißen Spanplatte, das kleine schwarze Schlüsselloch und der Lichtschein, der den Spalt unter der Tür gelb färbte, sahen aus wie immer.

Ich fühlte mich machtlos gegen das ungerechte Schweigen meiner Mutter und schuldig zugleich, weil ich eine Wunde, von der ich nicht wusste, wo und wie groß sie war, aufgerissen hatte. Dabei hatte ich doch ein Anrecht darauf, zu erfahren, wer mich gezeugt hat. Wo ich geboren bin. Ich hatte ein Recht!

„Ich hasse dich!“, schrie ich der Tür entgegen. „Hörst du mich? Ich hasse dich!“

Lange wartete ich auf eine Reaktion. Auf ein Geräusch hinter der Tür, ein Lebenszeichen der Frau, die mal wieder schwieg. Minutenlang regte sich nichts hinter dem weißen Furnier der Schlafzimmertür.

Ich ging in mein Zimmer und warf die Tür hinter mir so kräftig zu, dass im Flur ein Bilderrahmen von der Wand fiel und klirrend auf dem Boden aufschlug.

Am nächsten Morgen, als ich aufstand, roch der Hausflur bereits nach zerlassener Butter. In der Küche stand meine Mutter mit rot umrandeten, verquollenen Augen am Herd und briet mir arme Ritter. Eingewickelt in einen viel zu großen Frottee-Bademantel, den Gürtel eng um die schmale Taille geknotet, sah ihr Körper winzig klein und zerbrechlich aus. Die Scherben meines Wutanfalls waren verschwunden, als hätte der vorige Abend nie stattgefunden. Auch das Bild im Flur, das vom Zuschlagen meiner Zimmertür abgestürzt war, hing in einem anderen Rahmen wieder dort. Nichts außer einem winzigen Knick, den man nur sehen konnte, wenn das Licht im richtigen Winkel einfiel, erinnerte an meine Wut.

Wortlos aß ich die mit Zimt und Zucker bestreuten armen Ritter, die meine Mutter mir hinstellte und ging in die Schule, ohne mich zu verabschieden. Als ich heimkam, war alles wie immer. Meine Mutter ließ sich nichts anmerken und ich spielte resigniert mit. Die Mischung aus Wut und Mitleid war zu überwältigend, um irgendetwas zu tun und so begab ich mich mit ihr zurück in den Ursprungszustand. Einmal mehr schwiegen wir.

Dieser Abend in der Küche mit der Landkarte, war der Moment, in dem meine Mutter mich verlor. Ich redete mit ihr über Belanglosigkeiten und hörte mir gemeinsam mit Flora ihre Kosmonautengeschichten an wie immer – aber Dinge, die mir wichtig waren, die behielt ich für mich und von ihr fern, schwieg darüber.

Sie spürte, was mit mir los war, da bin ich mir sehr sicher. Oft, wenn ich in der Zeit nach dem Landkartenabend nach Hause kam, hatte ich das Gefühl, dass sie meine Hefte und Schubladen durchwühlt hatte, um der Person in ihrem Haus, die ihr so schnell so fremd geworden war, nochmal ein kleines bisschen nah sein zu können.

Als sich mein Verdacht erhärtete, verteilte ich kleine Zettel in meinen Schreibheften, Kladden, Schubladen und Fächern. Darauf standen Sätze wie „Lass das!“, „Hör auf, meine Sachen zu durchwühlen!“ oder „Privatsphäre. Danke!“. Ob sie je einen dieser Zettel gefunden hat, weiß ich nicht.

Viele Jahre später erst begriff ich, dass das, worüber sie schwieg, eine Verletzung sein musste, die so tief war, dass sie niemals reden würde. Was auch immer für sie ein Grund war, ihre Heimat, ihre Familie, ihr vertrautes Leben hinter sich zu lassen und sämtliche Brücken hinter sich zu verbrennen, es war eine so schmerzhafte Erinnerung, dass sie es in Kauf nahm, ihren Sohn zu verlieren, anstatt darüber zu sprechen. Als ich das begriff, lebte ich bereits einige Jahre im alten Ost-Teil Berlins, in dem ich mir einbildete und noch immer einbilde, endlich nach Hause gekommen zu sein. Und obschon ich mich bemühe, sie regelmäßig anzurufen, zu besuchen und Päckchen mit Büchern, die ihr vielleicht gefallen könnten zu schicken, ist unser Verhältnis das oberflächliche Geplänkel, das ich einst daraus gemacht habe.

Etwa zur gleichen Zeit, als ich mich von meiner Mutter distanzierte, wurde Flora mehr als eine Co-Pilotin auf Lebenszeit für mich. Sie hatte gerade ihre Hündin bekommen. Koschka war eine in die Jahre gekommene Hundedame, ein Harzer Fuchs mit rostrotem dickem Fell und einer schwarzen Zeichnung im Gesicht, die aussah, als hätte Koschka gerade irgendwo im Dreck gewühlt. Obwohl sie eindeutig ein Hund war, benahm sie sich meist wie eine Katze.

Es war einer der unzähligen heißen Sommertage, die die Freiheit unserer Kindheit ausmachten und wir wollten herausfinden, ob Koschka schwimmen kann, wir waren schließlich noch dabei, sie kennenzulernen.

Wir spazierten mit ihr zu einem Bergsee in der Nähe unseres Dorfes. In dem einstigen Steinbruch war jahrzehntelang Schiefer abgebaut worden. Der Schiefer, dünn wie Papier und rundgeschlagen, zierte längst die Dächer und Fassaden der alten Fachwerkhäuser im Dorf, die Arbeiter hatten längst ihr letztes Feierabendbier hier getrunken.

Tausende Regengüsse später war der Steinbruch plötzlich ein See, der in himmlischer Ruhe, umgeben von hohen Klippen, mitten im Wald lag. Außer einem rostigen Gleis, das aus dem See heraus ins Nichts führte, erinnerte hier nichts mehr an Arbeit.

Tagsüber kamen vor allem Familien an den See. Während Eltern auf Picknick-Decken im Schatten dösten oder halbherzig in Büchern blätterten, jagten aufgeregte Kinder quietschend die Libellen, die im Schilf wohnten oder schipperten auf Luftmatratzen über die glitzernde Oberfläche des Sees.

Sobald es dämmerte, packten die Familien ihre leer geschlürften Trinktüten und die eselsohrigen Bücher, die wieder einmal ungelesen geblieben waren, in ihre Fahrradkörbe und radelten heim.

In der schier endlosen Abenddämmerung des Sommers hingegen beherrschten die Jugendlichen des Dorfes den See. Während die Dorfjungen, deren Bartwuchs unlängst eingesetzt hatte, sich mit vorgestreckter Brust an den Klippen, die den Bergsee umrandeten, postierten, versammelten sich unten am Seeufer Mädchen, die anfeuerten, applaudierten und Küsse an die mutigen Springer verteilten, sobald diese wohlbehalten am Ufer anlandeten. Im Hintergrund zirpten Grillenmännchen, die mindestens ebenso paarungswillig waren wie die übermütigen Jungen, die im Minutentakt von den Klippen in das schwarze Wasser sprangen.

Flora und ich führten Koschka am späten Nachmittag zum See. Die ersten Familien falteten bereits ihre Decken zusammen, als Flora Koschkas Leine löste und die schwerfällige alte Hundedame davon flitzte, ihre Pfoten verlegen ins Wasser tauchte und wenig später lautstark schnaubend kreisförmige Bahnen durchs Wasser zog. Auch Flora und ich wollten uns in dem See, in dem seltsamerweise kleine Fische lebten, vom Spaziergang abkühlen. Als Flora sich ihr Kleid über den Kopf zog, es als Knäuel nach mir warf und ins Wasser rannte, wurde mir mulmig.

Dass Flora weiblichere Formen bekommen und neuerdings Brüste hatte, war mir bis zu diesem Tag am See nicht aufgefallen. Für Frauen an sich interessierte ich mich schon eine Weile. Manchmal wartete ich, bis meine Mutter ins Bett gegangen war, und schlich mich ins Wohnzimmer. Dort schaltete ich den Fernseher ein und den Ton aus. Fasziniert schaltete ich von Sender zu Sender, um in der Werbepause möglichst viele der Werbespots zu sehen, in denen sich halbnackte Frauen räkelten, ihre Hände lüstern über ihre Rundungen gleiten ließen und lasziv in die Kamera schauten, als sie die Telefonnummer stöhnten, unter denen man Frauen wie sie allem Anschein nach erreichen konnte.

Dass Flora eine dieser Frauen sein könnte, die ich berühren wollte, war eine Erkenntnis, deren Sprengkraft einem Faustschlag in die Magengrube glich.

Ich wollte mir nichts anmerken lassen und rannte Flora nach, tauchte unter die Oberfläche des eiskalten Wassers und neben ihr wieder auf. Ihre großen Augen schauten mich herausfordernd an, ihr Haar klebte untypisch geordnet als glatte Strähnen an ihren Schultern und auf ihrer goldenen Sommerhaut glitzerten Wasserperlen und blonde Härchen. Als sie mich ansprang und versuchte, meinen Kopf unter Wasser zu drücken, spürte ich ihre warme Haut auf meiner. Wie Feuer brannten ihre Berührungen. Wenig später sah Flora Koschka, die sich am Ufer das Seewasser aus dem roten Fell schüttelte und schwamm zu ihr hin.

Sie saßen am Ufer. Flora, vor der ich plötzlich Angst hatte und Koschka, die alte Hündin, die mich wissend zu beäugen schien. Und während Flora mir zurief, ich solle endlich zu ihnen ans Ufer kommen, tat ich so, als könnte ich sie nicht hören, zog bauchschwimmend Bahnen in dem kalten Bergsee und wartete darauf, dass meine Erektion abklingen würde.

Die nächsten Wochen gab ich mir recht erfolglos Mühe, Flora nicht allzu genau anzuschauen. An einem der letzten Sommerferientage saßen wir gemeinsam in der Papprakete, die wir uns als Kinder einst gebastelt hatten. Die Papprakete stand in der

Garage von Floras Eltern, in der es wunderbar kühl war. Viel zu groß mittlerweile für die Rakete, die einst ein großer Umzugskarton gewesen war, saßen wir dicht aneinandergepresst.

„Ich muss dich was fragen", flüsterte Flora mir zu. Ihr heißer Atem hinterließ eine feuchte Stelle auf meiner Wange.

Ich war mir sicher, dass der Moment endlich gekommen war. Sie würde mich fragen, ob ich sie küssen wolle. Ich wollte mich bemühen, möglichst lässig zu reagieren, obwohl ein Traum in Erfüllung gehen würde, der mich die letzten Wochen fast jede Nacht aus dem Schlaf gerissen hatte.

„Was denn?", flüsterte ich zurück und sah sie erwartungsvoll an.

„Die Geschichte, in der Juri Gagarin aus dem Himmel fällt", sagte sie, „da gibt es doch diese Großmutter mit ihrer Enkelin in dem kleinen Dorf. Sie sammeln gerade irgendwas Essbares auf dem Feld und Juri fällt ihnen in die Arme ... "

„Ja. Und?", entgegnete ich hörbar enttäuscht.

„Denk doch mal nach!", rief sie und sprang aus dem Raketenkarton. „Glaubst du, die Enkelin ist deine Mutter?"

Schockiert sank ich im Karton zusammen wie ein durchlöcherter Ballon. Das war ganz und gar nicht das, was ich erwartet hatte. Zumindest musste ich mir keine Mühe geben, den Überraschten zu mimen, denn das war ich tatsächlich. In all den Jahren war ich nie auf die Idee gekommen, dass meine Mutter die Enkelin gewesen sein könnte, auf die Juri Gagarin nach seiner Landung zufällig getroffen ist.

„Wer weiß. Meine Mutter redet nicht gern über ihre Vergangenheit", wehrte ich Floras Neugier ab. „Aber wenn du es unbedingt wissen willst, dann musst du sie einfach fragen", schlug ich Flora vor. Ich fühlte mich abgelehnt, hatte ich doch mit unserem ersten Kuss gerechnet. Ich wollte, dass das beharrliche Schweigen meiner Mutter auch sie traf.

Ein Paar wurden Flora und ich erst einige Jahre später. Wir lebten bereits in Berlin und Flora hatte sich in jemanden aus ihrem Studiengang verguckt.

Obwohl ich nach meinem ersten hormonellen Aufbäumen die Idee, Flora körperlich nah sein zu wollen, ad acta gelegt hatte, sträubte sich in mir alles gegen die Vorstellung, dass ein anderer Mann sie anfassen, küssen oder mit ihr schlafen könnte.

Als sie von ihrem ersten Treffen außerhalb der Uni mit diesem Typen, an dessen Namen ich mich nicht mehr erinnere, angetrunken in unsere Wohnung trippelte und sich auf das Sofa fallenließ, setzte ich mich zu ihr, um mir jedes Detail des Abends berichten zu lassen. Als sie ihren haarkleinen Detailbericht beendet hatte, sagte ich schroff, Männer würden doch eh immer nur das Eine wollen.

Lange schaute sie mich an. Ewigkeiten schien sie mein Gesicht zu inspizieren und etwas darin zu suchen. Irgendwann zeichnete sich ein Lächeln auf ihrem knallrot bemalten Mund und sie fragte provokant „Und du, Timo? Willst du etwa auch bloß das Eine?“

„Nicht nur“, antwortete ich wie aus der Pistole geschossen und war mir sofort bewusst, dass ich mich furchtbar verplappert hatte. Ich war verblüfft von meiner eigenen Dummheit und hoffte, ich könnte ihr noch ein paar Gläser Wein einschenken. Am nächsten Morgen würde sie alles für einen dummen Scherz unter Betrunkenen halten. Ich wollte Reparaturarbeit leisten und fürchtete, mit meiner Antwort unsere Freundschaft gefährdet zu haben.

Flora beugte sich dicht zu mir, schaute mich an und sagte: „Nicht nur, aber auch?“

Ein furchtbares Gestotter brach sich aus der Tiefe meiner Kehle Bahn. Mehr als ein gequältes „Üh, ehm, na, also, err“ konnte ich nicht hervorbringen. Flora schaute mich an, mit einem hämischen Grinsen auf ihren rot geschminkten Lippen und küsste mich. Was dann geschah, ging nicht von mir aus. Ich ließ den Abend, die Nacht, den nächsten Morgen einfach geschehen.

Wir wachten Arm in Arm in Floras Bett auf, als die Klingel rasselte. Fröhlich hüpfte Flora aus dem Bett, rannte zur Tür und schrie, das müsse das Paket mit der selbst eingekochten Marmelade sein, das ihre Mutter ihr schicken wollte. Es war Marmelade. Marmelade mit dem Geschmack von Heimatsonne und dem Garten von Floras Eltern. Der Geschmack unseres ersten Frühstücks als Paar, die alte Einheit in neuem Gewand.

Als wir unseren Freunden und Eltern davon erzählten, dass wir nun zusammen seien, reagierten fast alle gleich. Die meisten antworteten mit Sätzen wie „Ach, das kommt jetzt nicht so wirklich unerwartet" oder „Endlich! Ich glaube, ihr selbst seid die Letzten, die es gemerkt haben". Manche waren verwundert, weil sie glaubten, wir seien seit Jahren zusammen. Flora war beleidigt, dass wir keinen Sensationssturm auslösten. Ich freute mich, dass uns nicht allzu viel Aufmerksamkeit zuteilwurde.

Ein Paar sind wir noch immer. Und so viel mehr. Wir sind eine Familie. Mittlerweile sind wir nämlich zu dritt. Eine Tochter hat sich zu uns gesellt, ganz ungeplant ist sie einfach so passiert, wie das Meiste in unserem Leben.

Die Drei ist eine gute Zahl. Raketen bestehen aus drei Teilen, einem Antrieb, einer Steuereinheit und der zu transportierenden Ladung. Unserer Tochter haben wir den Namen Luna gegeben, nach der Mondgöttin. Kein Name hätte passender sein können für eine Kosmonautentochter.

Floras Schwangerschaft traf mich damals aus heiterem Himmel. An dem Tag, als sie mir davon erzählen wollte, passierte ein Unglück, das mich fast das Leben gekostet hätte. Das Haus nämlich, das unser Zuhause ist, steht in einer schmalen, kaum befahrenen Straße. Am nördlichen Ende dieser Straße gibt es einen Kreisverkehr, der einen kleinen Kirchplatz umrundet. Wenn man zwei der Zebrastreifen des Kreisverkehrs überquert, gelangt man zur besten Eisdiele weit und breit, in der Flora und ich auch an diesem Tag auf zwei Kugeln in der Waffel einkehrten. Zwei für jeden, versteht sich. Als wir auf dem Rückweg nach Hause waren, fuhr mich auf einem der Zebrastreifen ein Wagen an, der aus dem Nichts zu kommen schien. Ich erinnere mich an die weit aufgerissenen Augen des Fahrers hinter der Windschutzscheibe, über die ich rollte, bevor die Bremsung mich fortschleuderte wie ein buckelndes Pferd seinen Reiter. Das Nächste, woran ich mich erinnern kann, sind Gesichter, die über mir hängen und mir erklären, dass alles wieder gut wird, jetzt wo ich wach sei. Zwischen diesen beiden Erinnerungsstücken liegen neunzehn Tage, in denen ich bewusstlos war.

Als ich im zähen Nebel des Komas allmählich zu mir kam, entdeckte ich Floras runden Bauch, der sich deutlich unter ihrem engen Shirt abzeichnete und keinen Zweifel daran ließ, dass ein kleiner Mensch in ihr heranwuchs. Zu verstehen, dass das, was darin wuchs, aus uns entstanden war, kostete mich einige Wochen.

Die Zeit im Koma machte vieles anders. Nicht nur entwickelte sich unsere Tochter in rasender Geschwindigkeit von einem zufällig entstandenen Zellhaufen zu einem Lebewesen mit Gesicht, kleinen Fingerchen, Armen und Beinen, mit denen sie bereits wenige Wochen nach meinem Aufwachen durch Floras Bauchdecke nach mir trat. Ein großes Mirakel war und ist es für mich, dass ich aus heiterem Himmel über Nacht zum Vater geworden bin, ohne es geplant zu haben. Es war, als würde ich einfach morgens aufwachen und sie ist fertig, eine vollendete, konvexe Tatsache unter Floras Brust.

Auch besuchte mich meine Mutter, während ich im Koma lag, zum ersten Mal im Osten Deutschlands. Im Osten Berlins. Wer weiß, an was sie die Stadt und die neuen Bundesländer, die sie auf dem Weg hierher zu durchqueren hatte, erinnert haben.

Einige Wochen später, als ich das Gefühl hatte, beinah wieder in die Wirklichkeit zurückgelangt zu sein, erzählte meine Mutter mir, dass sie Lavendel in mein Krankenzimmer mitgebracht hat, jeden Tag, wenn sie mich besuchte. Es sollte mich an den Duft erinnern, der allzu oft über ihrem Schlafzimmer und damit der gesamten oberen Etage unseres Hauses lag. Tatsächlich erinnerte es mich an sie. An sie und vor allem an das Foto des schnurrbärtigen Fremden, das ich damals in ihrer Schublade fand. Gemeinsam lungerten wir in unserem Garten, rauchten und tranken. Die letzten Bienen des Jahres trippelten aufgedreht über den zuckrigen Schokoladenkuchen auf dem Gartentisch, den wir mit Nichtachtung straften. Zum ersten Mal seit Jahren, vielleicht auch deshalb, weil meine Mutter und ich endlich gemeinsam hier im Osten saßen, hatte ich das Gefühl, dass ich sie wieder näher bei mir haben will. Wir lagen nebeneinander in zwei Klappstühlen. Als die rote Abendsonne auf meine Mutter fiel, sah sie genau so aus wie damals, als sie auf meiner Bettkante saß und der warme Schein des Nachtlichts sie umgoss wie Bernstein. Ein leichter Wind brauste durch das Laub der Haselnusssträucher und die Glut knisterte laut, als meine Mutter an ihrer selbstgedrehten Zigarette zog. Ich erzählte ihr von einem Traum, den ich während des Komas hatte und seitdem so bildhaft vor mir habe wie selten etwas, das ich geträumt habe.

Ich war ein sowjetischer Forscher, der in einem Außenbezirk Moskaus eine Hündin auf ihren Einsatz als kosmonautisches Versuchstier vorbereitet hat. So wie Laika sollte auch diese Hündin ins All geschickt werden. Als sie bereit war, wollte ich sie nach Baikonur fahren, wo das sowjetische Kosmodrom liegt, von dem aus die Kosmonautenhunde damals starteten. Als ich gerade losfahren wollte, rannte mir das blöde Vieh weg und ich musste mir in Moskau eine Straßenhündin als Ersatz anlocken. Ich erzählte, wie gern ich dieses Tier hatte und wie sehr es mich verstörte, mit anzusehen, wie sie unter den Behandlungen litt und ihre Zuneigung trotz alledem nicht geringer wurde.

Ich fühlte mich schuldig, als Verräter. Ich dachte, ich hätte viel eher den Tod verdient als das unschuldige Tier, erklärte ich meiner Mutter. Ich stellte mich nicht den Behörden, klärte mein falsches Spiel nicht auf, sondern ließ die Hündin wahrscheinlich sterben, um mich selbst zu retten. Das Licht war hell, als die Rakete startete. Unendlich grell. Als meine Pupillen sich endlich an die Helligkeit gewöhnt hatten, war Floras Gesicht über mir und schrie irgendwas. Ich verstand die Welt nicht mehr.

„Weiß war sie, ja?", fragte meine Mutter und blies ihren Rauch in den Abendhimmel.

„Perlweiß. Aber in der Kapsel war noch eine zweite Hündin mit einer dunklen Zeichnung im Gesicht. Weißchen und Pfeilchen hießen sie, was für grauenhaft kitschige Namen", antwortete ich. „Als die Rakete startete, bin ich aufgewacht. Ich weiß nicht einmal, ob sie überlebt hat."

„Hat sie!", rief meine Mutter mit Überzeugung und setzte sich ruckartig auf.

Ungläubig schaute ich sie an und wartete auf eine Erklärung, warum sie sich da so sicher war, immerhin war es mein Traum gewesen und nicht ihrer.

„Weißchen und Pfeilchen, auf Russisch sind das Belka und Strelka. Erinnerst du dich nicht? Die ersten beiden Hündinnen, die lebendig aus dem All zurückgekehrt sind. Ich habe dir die Geschichte ein paar Mal erzählt, als du klein warst."

„Was? Quatsch!" Ich war sicher, dass ich diese Geschichte garantiert niemals gehört hatte.

„Ich habe sie dir erzählt, Timofej, da bin ich sicher! Warum sollte ich sie dir nicht erzählt haben? Ich habe dir erklärt, dass die Versuchshunde benutzt wurden, um den Weltraum sicher zu machen. Sobald Hunde überleben, hieß es, schickt man einen Menschen hoch. Man hat Menschen hochgeschickt, da ist doch die logische Konsequenz, dass Hunde überlebt haben."

„Ja, das ist logisch. Aber du hast die Geschichte nie erzählt", insistierte ich.

Meine Mutter schüttelte ihren Kopf, zerdrückte die Glut ihrer Selbstgedrehten im Aschenbecher und nahm einen tiefen Schluck Rotwein, als sie zu der Geschichte ansetzte.

Belka und Strelka waren zwei kleine Hündinnen, eine weiß wie der Schnee, eine braun-weiß wie ein Zupfkuchen. So wie Laika und eine ganze Reihe anderer Hunde wurden sie in eine

Raumkapsel gesetzt, in der Hoffnung, dass sie eine Reise ins Weltall überleben würden. Am 19. August 1960 starteten Belka und Strelka ins All. In einigen Kilometern Höhe löste sich ihre Raumkapsel von der Trägerrakete. Auf einer Erdumlaufbahn zogen sie dahin, schauten sich das unendliche Schwarz und die lächerlich winzige Erdkugel an. Einen ganzen Tag verbrachten die beiden im Weltall, die Erde umrundeten sie geschlagene fünfzehn Mal, bevor ihre Raumkapsel wieder in die Erdatmosphäre eintrat. In Baikonur fieberten die Wissenschaftler der Rückkehr der beiden Hunde entgegen. Würden sie überleben, wäre das ein riesiger Schritt für die Kosmonautik, den sie sich schon lange herbeigesehnt hatten. Man hätte die Raumfahrt endlich sicher genug gemacht, um auch Menschen hinaus ins All zu schicken.

Und tatsächlich überlebten Belka und Strelka ihre Reise. Zurück in der Erdatmosphäre öffnete sich schon bald der Fallschirm, der den Fall der Kapsel abbremste, und ließ sie wie eine Feder zu Boden gleiten. Als die Forscher die Kapsel in der kasachischen Steppe fanden, waren sie aufgeregter denn je. In Windeseile schraubten sie die Muttern von der Verschlusskappe und schlossen ihre Hündinnen in die Arme. Schwänzelnd sprangen die Beiden ihren Herrchen entgegen, als frisch gebackene Heldinnen. Sie waren die ersten Tiere, die den Raumflug überlebt hatten. Sie waren die vierbeinigen Vorboten einer schillernden Zukunft, die zwischen den Sternen auf uns Menschen zu warten schien.

Belka und Strelka wurden die politischsten Hunde aller Zeiten. Der Wettlauf ins All zwischen den Vereinigten Staaten und der Sowjetunion hatte endgültig einen Gewinner. Als sich die Hündinnen gerade von der überwältigenden Reise ins Weltall erholt hatten, schickte man sie schon auf die nächste Reise, einen Interkontinentalflug nach Amerika nämlich. Gemeinsam mit Nikita Chruschtschow besuchten sie den amerikanischen Präsidenten John F. Kennedy, dem der sowjetische Sieg in Form der kleinen Hündinnen unter die Nase gerieben wurde.

Vielleicht aus Aufrichtigkeit, vielleicht aus Höflichkeit streichelte und liebkoste Jacky Kennedy Belka und Strelka ausgiebig und schwärmte, wie hübsch die beiden Hündinnen doch seien und dass sie auch gerne solch einen Kosmonautenhund hätte.

Als Belka und Strelka zurück in der Heimat waren, durften sie in den wohlverdienten Reiseruhestand. Man bereitete bereits den ersten bemannten Raumflug vor und Hunde durften endlich wieder Hunde sein. Belka und Strelka genossen ihr Leben, faulenzten und schnabulierten Würste und bekamen eine Horde Welpen.

Einem der Welpen von Strelka wurde ein goldener Käfig gebaut. In diesem Käfig wurde das Kosmonautenkind nach Amerika geschickt, als Geschenk für Familie Kennedy. Jeden Morgen stand John F. Kennedy auf, sah seine Kinder mit dem hübschen kleinen Hündchen spielen und wurde so noch vor dem ersten Kaffee daran erinnert, dass er, und mit ihm die Vereinigten Staaten, das Wettrennen ins All verloren hatten. Chruschtschow hatte Jacky Kennedy beim Wort genommen und lachte fortan jedes Mal, wenn er irgendwo einen Hund erblickte, still in sich hinein.

So erzählte meine Mutter die Geschichte, die mir nur in Fragmenten entfernt bekannt vorkam. Danach lagen wir lange da, bis die Dunkelheit Kälte mit sich brachte.

„Ich war nicht ich selbst in diesem Traum“, sagte ich ins Dunkel. „Ich habe in diesem Traum in den Spiegel geschaut, mehrmals. Weißt du, wie ich aussah?“

„Na erzähl! Wie sahst du aus?“, wollte die amüsiert klingende Stimme meiner Mutter wissen, die einen Scherz erwartete.

„Wie der Mann mit dem Schnurrbart auf dem Foto, das ich mal in der Schatulle in deiner Kommode gefunden habe. Zusammen mit dem Ring mit dem grünen Stein“, sagte ich herausfordernd. Die Gesichtszüge meiner Mutter konnte ich in dem schwachen Lichtschein nicht erkennen.

„Dessen Bart ich mir mal aufgemalt habe, mit dem fettigen schwarzen Schminkstift aus deinem Kosmetiketui.“

Auf eine Reaktion wartete ich vergeblich. Meine Mutter wurde zu einer schweigsamen Salzsäule. Irgendwann sagte sie, ihr sei kalt und ließ mich in meinem Klappstuhl zurück. Die Stelle, an der früher die lodernde Wut über ihr Schweigen schwelte, zwischen Zwerchfell und Magen, war nun bloß ein taubes Prickeln, eine eingeschlafene Gliedmaße.

Ich hatte den Umstand, dass meine Mutter ihre Füße auf ostdeutschen Boden gesetzt hatte, als Redebereitschaft fehlinterpretiert, und war in dem Wohlgefühl unseres vertrauten Momentes zu weit vorgeprescht. Als hätte ich aus dreißig Jahren des Schweigens nichts gelernt.

Die Geschichte von Belka und Strelka habe ich seitdem unzählige Male Luna erzählt. Ich saß auf ihrer Bettkante im bernsteinfarbenen Schein des Nachtlichts und erzählte ihr all die Kosmonautengeschichten, die auch mir einst beigebracht hatten, meinen sehnsüchtigen Blick stets in den Sternenhimmel zu heben.

Warum ich das alles erzähle? Vielleicht, weil sich Erinnerungen viel zu schnell verändern. Sie verlieren an Tiefe, werden unscharf oder gar unlesbar, die Zeit frisst unsere kostbaren Erinnerungen auf und ihr Appetit, ihre Gier, ist unberechenbar. Das Erzählen ist wie eine Konservierung für das, was in meinem Kopf früher oder später zu undefinierbarem Feinstaub zerfallen würde. Vielleicht erzähle ich, weil eines der Dinge, die ich mit jeder Faser meines Körpers als Wahrheit betrachte, ist, dass Schweigen niemals eine Option sein kann. Niemals.

‚Reden ist Silber und Schweigen ist Gold', so sagen die Leute. Wenn sie doch bloß wüssten, was für ein Blödsinn das ist!

Es ist Zeit für ein neues Kapitel. Auf neue Kapitel muss man nicht warten, das Leben ist zum Glück kein Buch. Man kann neue Kapitel einfach aufschlagen. Indem man seine Koffer packt, zum Beispiel.

In unserem Flur stehen zwei solcher gepackten Koffer bereit. Schon morgen früh nämlich werden Flora und ich aufbrechen, um neue Erinnerungen zu schaffen. Wir werden zum Flughafen fahren, nach Moskau fliegen und an der Moskwa spazieren, so wie ich es in meinem Traum tat. Ich werde nach Straßenhunden Ausschau halten und vielleicht sogar ein paar Würstchen in der Tasche haben, um hungrige Mäuler damit zu stopfen.

Wir werden in dem Hotel schlafen, das einst das höchste Hotel der Welt war und herunterschauen auf Moskau im Herbst. Wir werden einen Wagen mieten und nach Kasachstan fahren, nach Baikonur, und das Kosmodrom besichtigen, das der Schauplatz all der Kosmonautengeschichten ist, die uns zu dem machten, was wir sind. Vielleicht werden wir einen Raketenstart sehen oder auch nur in dem Sand wühlen, der von unzähligen Starts aufgewühlt und verweht worden ist.

Wir waren die Kosmonauten und sind es noch immer. Unsere Tochter ist der Mond. Im Osten geht die Sonne auf.

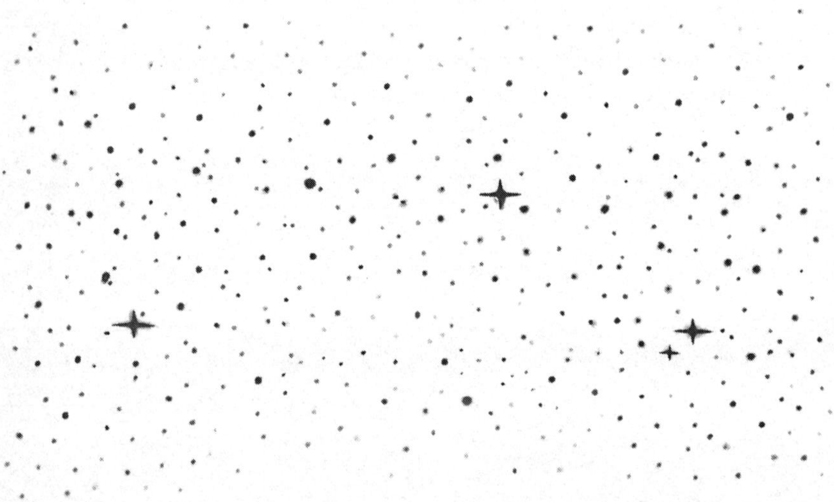

Ebenfalls erschienen

Pit Pikus und Mark Uriona:
„Lämmels Syndrom“ (Roman)

Buch, Klappenbroschur, 230 S., 19 x 13,5 cm,
print ISBN: 978-3-95996-045-8
epub ISBN: 978-3-95996-046-5
GLP: 13 € (D)

Lämmel, Haushaltswarenvertreter mit Doktortitel, entdeckt an sich die Fähigkeit, durch Dinge hindurchzusehen.
Als wäre das Leben mit geschärftem Blick nicht schon kompliziert genug, stellt ein seltsamer Anruf sein Leben endgültig auf den Kopf. Denn am anderen Ende ist Dom Alfonso. Der lebt hinter der Fußleiste in Lämmels Küche und ernährt sich von den herabfallenden Krümeln. Und er droht mit Krieg, sollte die reibungslose Krümelversorgung eingestellt werden.
Lämmel will den ungebetenen Gast loswerden und schließt einen Pakt mit ihm. Fortan erzählt er ihm Geschichten, deren Wahrheitsgehalt der temperamentvolle Untermieter erraten muss. Sollte Dom Alfonso falsch liegen, so die Abmachung, muss er Lämmels Haus verlassen.
Schon bald muss Lämmel jedoch feststellen, dass Wahrheit und Lüge gar nicht so leicht zu unterscheiden sind, besonders, wenn es um die eigene Vergangenheit geht.

„Lämmels Syndrom oder Die fünf Dimensionen der Wahrheit“ ist ein surrealer Wahnsinnsroman über Realitäten und Ideale, über deren Vergänglichkeit und ein bisschen auch über den Samsa in uns allen.

**versandkostenfrei bei
www.periplaneta.com**

Ebenfalls erschienen

JOHANNES KRÄTSCHELL:
„Herr Schlau-Schlau wird erwachsen“

Buch & MP3-CD, Hardcover, 178 S./104 min.
20,6×13,5 cm, ISBN: 978-3-95996-030-4,
GLP: 20,00 € (D)

Hannes ist fassungslos: Seine Eltern setzen ihn einfach so vor die Tür. Nach 35 Jahren unter einem Dach. Dabei hat er doch nie gestört, zahlt pünktlich seinen Mietanteil, wäscht seine Unterhosen selbst und hat nur ein Mal eine Frau mit nach Hause gebracht. Zwischen seinen viertausend Büchern und dem trockenen Rotwein aus Apulien war seine Welt bisher übersichtlich und in Ordnung.
Unsanft aus dem Nest gestoßen versucht er, voller Selbstmitleid, die abgetragenen Mauern seines Lebens an anderer Stelle wieder aufzubauen. Doch schon am ersten Abend in seiner neuen Wohnung klingelt es an der Tür. Mit einem Begrüßungstropfen und einer Kiste Weinbrandbohnen in den Händen stellt sich sein Nachbar aus dem Erdgeschoss vor. Und der hat ein völlig anderes Lebenskonzept ...

Johannes Krätschells mitreißender Roman erzählt charmant und aberwitzig Episoden einer verspäteten Menschwerdung. Ein Plädoyer gegen die Angst vor Veränderung und eine Laudatio auf das Leben, wie es eben ist: trostlos, köstlich, tragisch, fabelhaft und vor allem unvorhersehbar.
Das Buch erscheint als limitierte, komplett in Berlin gefertigte, fadengebundene Hardcover-Edition, die eine 104 Minuten lange Lesebühnenfassung des Romans als MP3-CD enthält, die der Autor eingelesen hat.
Das Cover stammt von Herrn Krätschells Kollege Benjamin Kindervatter, mit dem er seit Jahren die berühmten Leseduelle bestreitet.

versandkostenfrei bei
www.periplaneta.com